हिन्द पॉकेट बुक्स

सैलानी की डायरी

राजेन्द्र अवस्थी हिंदी के प्रख्यात पत्रकार और लेखक थे। उनका जन्म मध्य प्रदेश के जबलपुर जिले के ज्योतिनगर गढा इलाके में हुआ था। वे *नवभारत*, *सारिका*, *नंदन*, *साप्ताहिक हिन्दुस्तान* और *कादम्बिनी* के संपादक रहे। उन्होंने अनेक उपन्यासों, कहानियों एवं कविताओं की रचना की। वह ऑथर गिल्ड ऑफ इंडिया के अध्यक्ष भी रहे। दिल्ली सरकार की हिन्दी अकादमी ने उन्हें 1997-98 में साहित्यिक कृति से सम्मानित किया था।

सैलानी की डायरी

राजेन्द्र अवस्थी

हिन्द पॉकेट बुक्स
पेंगुइन रैंडम हाउस इम्प्रिंट

हिन्द पॉकेट बुक्स

यूएसए। कनाडा। यूके। आयरलैंड। ऑस्ट्रेलिया। सिंगापुर
न्यू ज़ीलैंड। भारत। दक्षिण अफ्रीका। चीन

हिन्द पॉकेट बुक्स, पेंगुइन रैंडम हाउस ग्रुप ऑफ़ कम्पनीज़ का हिस्सा है,
जिसका पता global.penguinrandomhouse.com पर मिलेगा

पेंगुइन रैंडम हाउस इंडिया प्रा. लि.,
चौथी मंजिल, कैपिटल टावर -1, एम जी रोड,
गुड़गांव 122 002, हरियाणा, भारत

पेंगुइन
रैंडम हाउस
इंडिया

प्रथम हिन्दी संस्करण हिन्द पॉकेट बुक्स द्वारा 1977 में प्रकाशित
यह हिन्दी संस्करण हिन्द पॉकेट बुक्स में पेंगुइन रैंडम हाउस द्वारा 2022 में प्रकाशित

10 9 8 7 6 5 4 3 2

ISBN 9789353494438

मुद्रकः रेप्रो इंडिया लिमिटेड

www.penguin.co.in

MIX
Paper from
responsible sources
FSC www.fsc.org FSC® C047271

This is a legitimate digitally printed version of the book and therefore might not
have certain extra finishing on the cover.

विषय-सूची

सैलानी की डायरी

•

यूरोप में

(पश्चिमी जर्मनी, स्वीडन, नार्वे, डेनमार्क, हॉलैंड, बेल्जियम, फ्रांस, स्विट्ज़रलैंड और पूर्वी बर्लिन)

लंदन में प्रसिद्ध कवि जॉन कीट्स का मकान देखा था। वहां कीट्स की उनके हाथ की लिखी डायरी सुरक्षित है। उसके पन्ने पलटते हुए दृष्टि अचानक एक पृष्ठ पर रुक गई :

पूछती हो, बताऊं अपनी यात्राओं के सिलसिले
सर्द और गर्म हवाओं के माहौल,
नदी के प्रवाह में उठते-बैठते बुलबुले,
कहां थे, कहां चले गए,
कब थे, कब आ गए,
यं हिसाब रखना था—
बताओ, तुम्हारी बांहों से क्यों जाते?

प्रसंग था, कीट्स का पत्र अपनी प्रेमिका फेनी ब्राउन के नाम। इन पंक्तियों ने मुझे पकड़ लिया। स्वभाव से सैलानी हूं। तीन-चार महीने पहले ही अफ्रीका से लौटा था। इस बार यूरोप जाने का अवसर मिला। जाते वक्त एक मित्र ने पूछा था, "आपके संस्मरण पढ़ने को तो मिलेंगे न? आप कैसे गए, कहां गए...।"

मैंने कहा था, "मित्र, सब कुछ पढ़ने को मिले, ज़रूरी नहीं है। हां, सारी यात्राओं का विवरण ही शुरू होता है, 'जब मैं एयर इंडिया के विमान से बर्लिन पहुंचा तो...।' मैं ऐसे कुछ विवरण नहीं लिखने जा रहा। विमान से जाना मेरी मजबूरी है, क्योंकि बैलगाड़ी वहां नहीं जाती। बाकी तो जोड़-घटाने और गुणा-भाग का गणित है।" मेरे मित्र बहुत हंसे थे, लेकिन वास्तव में सिलसिलेवार कुछ भी लिखना सरल नहीं है। मेरे पास ढाई महीनों की समूची यात्रा के बाद जो शेष है, वह मेरी डायरी ही है। उसके ऐसे अंश जो 'पब्लिक एंटरप्राइज' में आते हैं, वही बताए जा सकते हैं।

जिस दिन मैंने भारत छोड़ा था, अगस्त की तीन-चार तारीख थी। जाते ही सारे रास्ते आक्रोश बना रहा—पालम पर तीन बजे रात तक विमान की प्रतीक्षा। जितने लोग पहुंचाने आए थे, सब चले गए। कस्टम से निकलकर जब डिपारचर हॉल में पहुंचे, तब पता चला, जम्बो 101 तीन घंटे लेट बम्बई से ही चल रहा है। हिसाब लगाया, बम्बई से दिल्ली का सफर कितना है—ज़्यादा से ज़्यादा दो घंटे। यदि विमान वहीं से तीन घंटे लेट चलना था तो यह घोषणा पहले नहीं की जा सकती थी!

भीतर यात्रियों के बैठने के लिए पूरी कुरसियां भी नहीं थीं। अपने ही देश में यात्रियों के साथ ऐसा व्यवहार किया जाता है—आप किससे कहें, किससे शिकायत करें! तीन घंटे खड़े-खड़े या घूमते हुए अकेले भीड़ के बीच कैसे गुज़ारे, मैं ही जानता हूं।

कैमरों का चमत्कार

फ्रेंकफर्ट पहुंचकर ही लगा, एक नई दुनिया में आ गए हैं। भारत और यूरोप के बीच साढ़े चार घंटे के समय का अंतर है। उस समय वहां सुबह का 10 बजा था, तब भारत में ढाई बजे दोपहर रही होगी। राइन हवाई अड्डा बेहद खूबसूरत और साफ-सुथरा है। भारत की तरह आदमियों का जंगल नहीं है। कई जगह तो एक आदमी भी नहीं मिलता। कोई कुली नहीं, कोई मज़दूर नहीं। चलने की जहमत भी कम उठानी पड़ती है। स्वचालित एक्सीलेटर हैं,

खड़े हो जाइए, अपने-आप चलते जाएंगे।

नीचे उतरने के लिए उसी तरह स्वचालित सीढ़ियां हैं। सामान ढोने के लिए ट्राली हैं। स्वयं ट्राली ढूंढ़िए और अपना सामान ले जाइए।

कस्टम भारत की तरह नहीं है। आपके पास यदि 'डिक्लेयर' करने योग्य सामान नहीं है तो ठाठ से 'हरी बत्ती' वाले काउंटर से निकल जाइए। कोई नहीं पूछेगा। भारत और जर्मनी के संबंध इतने अच्छे हैं कि 'चेकिंग काउंटर' पर भारतीय पासपोर्ट देखकर, वह अफसर मुसकराए और बोले, "जाइए, जर्मनी में आपका स्वागत है।"

बाहर निकलते ही डा० इन्दु प्रकाश पाण्डेय मिल गए और फिर मुसकरा रहे थे रूडोल्फ विजेंज, एक कोने में थी लिन। तीनों पुराने परिचित थे। भीतर से उनकी प्रसन्नता चेहरे पर स्पष्ट नज़र आ रही थी। मुझे लगा, मैं अनजानी और अनपहचानी दुनिया में नहीं हूं, परन्तु दुनिया अलग तो थी ही—वहां के शिष्ट लोग, साफ-सुथरी चौड़ी सड़कें, शानदार कारें, मशीनी दुनिया के कमाल और मशीन की तरह ही सारा कुछ व्यवस्थित और तरतीब से बंधा हुआ। कोई चौराहे की लाल बत्ती का अपमान नहीं करता। कर भी नहीं सकता। समूचे यूरोप में हर जगह बत्तियों के साथ स्वचालित कैमरे लगे हुए हैं। कार 'स्टाप प्वाइंट' से ज़रा-सी बाहर आई तो कैमरे ने अपना काम कर दिया। उसके बाद कार-नम्बर की तसवीर और 50 मार्क (यानी डेढ़ सौ रुपयों से ज़्यादा) जुर्माना हो गया। समय के भीतर जुर्माना नहीं दिया तो लाइसेंस जब्त। यूरोप में लाइसेंस लेना लोहे के चने चबाना है। इसलिए आदमी कितना भी बड़ा और प्रभावशाली क्यों न हो, पहले जुर्माना बैंक में जाकर जमा करता है।

रूडोल्फ का 'कण्टरी विला'—फ्रेंकफर्ट से मरसीडीज़ कार में 45 मिनट का ड्राइव। एकदम शांत और सुन्दर। फरों से ढका हुआ शहर से दूर, लेकिन सारी आधुनिकतम सुविधाओं से भरा-पूरा। दूर-दूर तक फैली वन-राशि में हिरनों के झुंड हैं। बाग में यहां भी गेंदे के फूल देखकर खुशी हुई। सेब और आड़ू।

मौसम बहुत साफ था। हमारे लिए बहुत अच्छा भी। जर्मनी के अखबार, रेडियो और टेलीविज़न रोज़ शिकायतें कर रहे हैं—पिछले 50 बरस में इतनी

गरमी नहीं पड़ी। ऐसी स्थिति में भी हलका सूट पहना जा सकता था, लेकिन जर्मनवासी कपड़े उतारकर छोटा अंडरपेंट पहने धूप में पागल हो जाते हैं। ऐसी धूप उनके लिए वरदान है, और 5 बजे सवेरे ही सूरज आ धमकता है। रात को 8 बजे तक सूरज साहब विराजमान हैं।

रूडोल्फ की पत्नी। अंगरेजी नहीं आती उन्हें। उन्हें क्या, कम लोग हैं, जिन्हें अंगरेज़ी आती है—जर्मन बहुत सम्पन्न और समृद्ध भाषा है। भाषा वाली हमारी गुलामी वहां नहीं है। जर्मन न जानने के कारण आरंभ में मुझे श्रीमती रूडोल्फ से बात करने में कठिनाई हुई, लेकिन एक-दो दिन में ही टूटी-फूटी बातें होने लगीं।

रूडोल्फ की पत्नी घर का सारा काम करती हैं—अकेले सफाई, कपड़े धोना, खाना पकाना, बागबानी और फिर नौकरी पर जाना। वैसे खाने का तरीका उनका दूसरा है—डिब्बों में बंद सब कुछ मिलता है। गरम कर लिया और व्यवस्थित ढंग से टेबल पर लगा दिया।

सबह कोई यहां 'बेड-टी' नहीं पीता। पूरे यरोप क्या, इंग्लैंड में भी नहीं। मैंने सोचा था, अंगरेजों ने भारत पर राज्य किया है, ज़रूर वहां 'बेड-टी' मिलेगी। लंदन पहुंचकर इस आशा पर भी तुषारापात हो गया। तब मैं सोचने लगा, भारत में यह 'बेड-टी' कहां से आई? बहत सोचने पर भी मुझे उत्तर नहीं मिल रहा।

अपराधियों का सोशियल बायकाट

बाम होलडर पांच हज़ार की आबादी का छोटा, लेकिन खूबसूरत शहर है। बड़ी-बड़ी सजी हुई दुकानें हैं। पोस्ट आफिस, तारघर और रेलवे स्टेशन। मनमानी टैक्सियां मिलती हैं। एक अखबार भी निकलता है, और हमारे यहां के दैनिक पत्रों के आकार का होते हुए भी, लगभग चालीस पृष्ठ उसमें होते हैं। यह 'स्माल पेपर' है। समूचे पश्चिमी जर्मनी से अंगरेज़ी में कोई अखबार नहीं निकलता।

बाम होलडर के बाहर अमेरिकी आर्मी का कैम्प है। युद्ध के बाद जर्मनी का विभाजन हो गया और पश्चिमी जर्मनी में अमेरिकी, फ्रांसीसी और ब्रिटिश

सेनाएं रख दी गईं। पूरबी जर्मनी रूस के कब्जे में है। वहां रूसी सेनाएं हैं।

दोपहर एक जर्मन-परिवार में हम गए तो थोड़ी देर बाद उन्होंने ब्रेड का एक टुकड़ा लाकर मेरे सामने रख दिया। मुझसे कहा गया कि मैं इसे काटे। काटने का अर्थ है—शाम के डिनर का आमंत्रण स्वीकार कर लेना।

वह शाम आज भी मैं नहीं भूल सकता। बाहर कण्टरी हाउस के सामने खुले मैदान में टेबल-कुरसियां रखकर एक बड़े डिनर का आयोजन था। खुले मैदान में सूअर का मांस भूना जा रहा था। मांस भूजने का तरीका ठीक हमारे आदिवासियों जैसा है। नीचे लकड़ियां जला दी जाती हैं, ऊपर जालीदार गोल लोहे का लटकता घेरा है। उसपर समूचा सूअर रख दिया जाता है। बीच-बीच में उसपर शराब डाली जाती है।... भुना हुआ गोश्त और ढेर-सी शराबें—शेम्पेन, सफेद और लाल वाइन, बीयर, बोदका और व्हिस्की। व्हिस्की कम लोग पीते हैं। बहुत रात गए तक शराब और गोश्त का दौर चलता रहा। शुरू में बीयर का एक बड़ा 'केन' मुझसे हथौड़ा मारकर खोलने के लिए कहा गया। मुख्य अतिथि का यह उत्तरदायित्व है। उसके बाद ही सबको शराब दी गई।

इस पार्टी में वहां के मेयर, उस क्षेत्र के काउण्टी, व्यापारी, कर्मचारी, लेखक और पत्रकार सभी उपस्थित थे। किसी बैंक का मैनेजर भी वहां था। उसके एक कर्मचारी ने दो दिन पहले डाका डालने की कोशिश की थी, लेकिन उसे सफलता नहीं मिली। वह पकड़ा गया। वह बहुत मेहनती, खुशमिज़ाज और मित्रों में लोकप्रिय व्यक्ति था। पकड़े जाने के बाद पता चला, उसके ऊपर बहुत कर्ज था और नाइट क्लबों में वह मनमाना खर्च करता था। वह व्यक्ति उस मैनेजर का विश्वासपात्र था, लेकिन उसके जेल जाते ही मैनेजर की भीतरी घृणा तीव्र ढंग से उभर आई थी। जेल जाने के दूसरे दिन ही पत्नी ने जेल जाकर तलाक दे दिया। मैनेजर ने उसे लानतें भेजी और कहा, "ही मस्ट डाई।" वैसे उसे सज़ा सात-आठ वर्ष की ही होगी, लेकिन उसके बाद वह क्या करेगा, कहां जाएगा! मैं उस मैनेजर के चेहरे पर भयानक घृणा के भाव स्पष्ट देख रहा था। तभी पता चला कि अपराधियों का 'सोशियल बायकाट' समूचे जर्मनी में किया जाता है।

जर्मनी का प्रत्येक नागरिक रजिस्टर्ड है। उसके पास पहचान-पत्र है और उसका एक नम्बर होता है। उस नम्बर से ही वह पहचाना जा सकता है। अत्यधिक मशीनी सभ्यता में ढले जर्मनी ने कम्प्यूटर का इस सीमा तक उपयोग किया है कि कार-पार्क, कारखाने, बड़े-बड़े दफ्तर और नागरिकों का पूरा हिसाब-किताब तक वही रखता है। कम्प्यूटर किसी भी नागरिक का पूरा हवाला तुरंत दे सकता है और वह जानकारी कोई भी व्यक्ति जान सकता है। वह 'सीकरेट' या कांफीडेंशियल' नहीं है। इसलिए यदि किसी व्यक्ति ने अपने छात्र-जीवन में भी किसी तरह की सज़ा पाई है, तो उसे भी वह नहीं छिपा सकता।

हमारे पिता सूअर हैं!

वह पूरी शाम भारतीय राजनीति को समर्पित थी। तरह-तरह की जिज्ञासाएं लोगों के मन में थीं। उन्हें भय था, भारत साम्यवादी न बन जाए। साम्यवाद से उन्हें घृणा है। हिटलर के आतंक को वे नहीं भूल पाए। उसके एकाधिकार के विरोधी हैं। दूसरे महायुद्ध की यादें अब भी ताज़ा हैं और उसे याद करते ही वहां के लोगों के चेहरे बदल जाते हैं। भारत के लोग कल्पना भी नहीं कर सकते कि युद्ध के कई वर्षों बाद भी समूचे यूरोप की अन्तरात्मा तूफानों और विभीषिकाओं से बाहर नहीं निकल सकी। हिटलर वहां नितांत घृणा का पात्र है, जबकि जर्मनी की शानदार चौड़ी और सपाट सड़कों का जाल हिटलर की ही देन है। इतने अच्छे और साफ 'हाई-वे' पूरे यूरोप में कहीं नहीं हैं। जब हिटलर ने जर्मनी पर कब्ज़ा किया था तो वहां की भूखी और त्रस्त जनता को काम में लगाने के लिए सड़कें बनवानी शुरू की थीं। आज भी वे मज़बूत सड़कें हिटलरी पंजों की तरह सख्त हैं, लेकिन उनका निर्माता उपेक्षा और घृणा का पात्र है।

जर्मनी का युवावर्ग हिटलर का नाम लेते ही आक्रोश से भर उठता है। मेरे लम्बे प्रवास काल में ऐसे कई अवसर आए हैं। अपने पुरुष-स्त्री गाइड से मैंने बातें की हैं। ये गाइड विश्वविद्यालय के छात्र हैं और बचे हुए खाली समय में 'गाइड' का काम करते हैं।

मैंने पूछा, "आप नहीं मानते, हिटलर जैसा व्यक्ति युगों में कभी पैदा होता है। एक अकेला आदमी समूची जाति पर निरंकुश शासन करने की हिम्मत करे, कोई खेल नहीं है।" हमारा गाइड उत्तेजित हो उठा। उसके चेहरे पर खून उतर आया था। तब भी अपनी भावनाओं को दबाते हुए उसने कहा था, "आप हमारे मेहमान हैं, इस प्रसंग को मत छेड़िए।"

मैं उसकी प्रतिक्रिया जानने के लिए कटिबद्ध था। यदि वह मेरे गालों पर चपत भी लगा देता तो मैं हंसते हुए सह लेता। मैंने अपनी बात फिर दोहराई तो उसने कार रुकवा दी और बोला, "सर, ही (हिटलर का उसने नाम भी नहीं लिया) वाज़ ए रास्कल, ही वाज़ ए स्वाइन...।" उसने थूक दिया। फिर बोला, "अवर पेरेंट्स आर आलसो स्वाइन्स (हमारे मां-बाप भी सूअर हैं।)।"

उसका वक्तव्य आश्चर्यचकित कर देने वाला था। मैंने पूछा, "ऐसा क्यों?" वह बोला, "क्योंकि उस जैसे (हिटलर जैसा) दुष्ट राक्षस को जन्म देने वाली पीढ़ी हमारे माता-पिताओं की थी। वे इतने कामचोर, कमज़ोर और कमीने थे कि उन्होंने उस जैसा रक्त-पिपासु और नरभक्षी जन्तु पैदा किया।"

मैंने कहा, "हिटलर जैसे व्यक्ति एक दिन में पैदा नहीं हो पाते। फिर इस बात की क्या गारंटी है कि फिर वैसा व्यक्ति पैदा नहीं हो सकता?"

गाइड ने उतने ही तीखे ढंग से कहा था, "अब ऐसा कदापि नहीं हो सकता। हम मुर्दा नहीं हैं।"

ऐसी ही प्रतिक्रियाएं युवा लड़कियों ने भी प्रकट की थीं। समूचे जर्मनी में हिटलर का कोई स्मारक नहीं है। कोई प्रस्तर-मूर्ति नहीं है। उसके रहने से लेकर सरकारी दफ्तर तक का कोई चिह्न सुरक्षित नहीं रखा गया।

नग्न लड़कियों के बीच

काफी देर तक पार्टी चलती रही। मैंने भारतीय स्थितियों और जर्मनी के साथ संबंधों पर डेढ़ घंटे तक भाषण दिया। अनेक प्रश्नों के उत्तर दिए। उसके बाद हम लोग 'प्ले बाय' क्लब में चले गए। जर्मनी के सारे होटल और

क्लब लड़कियां चलाती हैं। 'प्ले बाय' क्लब में लड़कियों ने मेरा विशेष स्वागत किया—यह मेरा नहीं, भारत का अभिनंदन था। जर्मन मित्रों ने मेरी तारीफें भी कर दीं। फिर क्या था, मेहमाननवाजी देखने योग्य थी।

थोड़ी देर बाद उसी क्लब में 'स्ट्रीप-टी' शुरू हुआ। दूध में धुली गोरी लड़कियां अपना एकदम नग्न सौन्दर्य स्टेज पर दिखाती हैं। फिर वे एक-एक आदमी के पास पहुंचती हैं और तब लगता है, जैसे धूप का टुकड़ा यहां-वहां घूमता फिर रहा है।

एक ओर 'स्ट्रीप टी' होता रहता है, दूसरी ओर कोई और लड़की आकर टेबल के पास बैठ जाती है। फिर वह बीयर मांगती है। एक बीयर के लिए वहां बीस मार्क देने होते हैं, जबकि बाज़ार में मुश्किल से एक मार्क में बीयर की बोतल मिलती है। बीयर बहाना है। वह और हरकतों को जन्म देती है।

क्लब से जब हम बाहर आए, सुबह का धुंधलका (सुबह तीन बजे थे) उतरने लगा था। वह धीरे-धीरे साफ होगा और थोड़ी ही देर में दुष्ट सूरज अपनी तेज़ रोशनी से शराब के नशे में खोई हुई अपनी कीमती चीज़ ढूंढ़ने लगेगा।

मेहनतकश लोगों का फूल-प्रेम

बूखेन के जंगलों से गुज़रना।

बीच में तारकोल की मांग भरकर दो भागों में बंटी हुई सड़क जब बूखेन के जंगलों से गुज़रती है और सरसराती हुई हवा अचानक आकर छू जाती है तो वह निर्जीव सड़क भी स्पंदित हो उठती है। उसकी धड़कनें बढ़ जाती हैं और असर पड़ता है 180 किलोमीटर की गति से भागती मरसीडीज़ कार में। कार में रेडियो है, टेलीविज़न, हीटर और वायरलेस। जर्मनी की हरकार, निजी हो या टैक्सी, में वायरलेस होता है। उसके सहारे कहीं भी सम्पर्क किया जा सकता है। सड़क पर थोड़ी दूर के अंतर से जगह-जगह टेलीफोन लगे होते हैं—किसी भी कार-दुर्घटना के समय इनका उपयोग किया जा सकता है। हाई-वे पर ऊपर से हैलीकोप्टर निरंतर निगरानी करते रहते हैं। ये कारों की गति से लेकर उनकी सुरक्षा और आवश्यकताओं तक

का ध्यान रखते हैं।

ढाई घंटे के बाद हम हाइडलबर्ग में थे। विश्वविद्यालय में डा० लोथार लुत्शे ने स्वागत किया। डा० लुत्शे मेरे पुराने मित्र हैं। वे तो दिल्ली में पांच वर्ष रह चुके हैं। डा० लुत्शे ने अत्यंत भारतीय ढंग से गले लगा लिया। वे अच्छी हिंदी बोलते हैं। एक सप्ताह बाद हिंदी बोलने और सुनने का अवसर मिला था। विश्वविद्यालय में आयोजित कार्यक्रम पूरा कर डा० लुत्शे हमें नेका नदी के किनारे एक खूबसूरत एकांत में ले गए—'जानसन होटल'। शहर से अलग और फूलों तथा हरियाली से भरा हुआ एक कोना।

जर्मनी के लोग फूलों के बहुत शौकीन हैं और घर, चाहे दस मंज़िल की ऊंचाई में हो, फूलों के गमले वहां भी मिलेंगे। घर के कमरे हरे पौधों और फूलों से सजे होते हैं। किसी के जन्मदिन पर फूलों के गुच्छे और हरे पौधों के गमलों से बढ़िया उपहार दूसरा नहीं है।

हाइडलबर्ग पुराना शहर है। नेका नदी पर एक पुराना पुल है और हज़ारों साल पुराना किला उसके किनारे बना है। कीफर और बून के जंगल चारों ओर हैं।

डा० लुत्शे से बातें करते हुए मज़ा आया। जर्मनी देश की संरचना कैसे हुई? डा० लुत्शे ने बताया—पहले यहां जरमेनिक ट्राइब (आदिम जाति) रहती थी। ये स्लाव थे। बाद में चेक और फ्रांस के लोग भी यहां आकर बस गए। स्लाव घुमक्कड़ जाति रही है और समूचे यूरोप तथा स्कैंडनेवियन देशों तक इसका आधिपत्य बनता और टूटता रहा है। जरमेनिक ट्राइब के कारण ही इस भूभाग को 'जर्मनी' कहते हैं।

हाइडलबर्ग विश्वविद्यालय में इंडोलॉजी विभाग है। यहां भारतीय भाषाओं में शोध और अध्ययन की व्यवस्था है। हिंदी में चार विद्यार्थी काम कर रहे थे उस समय—आधुनिक हिंदी कहानी से लेकर आधुनिक कविता तक। आंचलिक साहित्य पर भी यहां से शोध हो चुका है। समूचे जर्मनी में जहां-जहां विश्वविद्यालय हैं, प्रायः हर जगह इंडोलॉजी विभाग हैं। फ्रेंकफर्ट, न्यूरेमबर्ग, बर्लिन, म्यूर्निचेन (म्यूनिख) क्लोन, हैमबर्ग, सभी जगह भारतीय संस्कृति और साहित्य के अध्ययन की व्यवस्था है, लेकिन इसके बाहर आम

आदमी भारत और भारतीय साहित्य के बारे में कम जानता है। यहां तक कि मेक्समूलर ने भारत और जर्मनी के संबंधों के लिए किस तरह एक सांस्कृतिक दूत का काम किया था, वह भी वहां के लोग कम जानते हैं। असल में जर्मनी मशीनी दुनिया में फंसा है और दूसरे महायुद्ध के बाद वहां के निवासी भी मशीन के पुरजे बन गए हैं। पांच दिनों तक दिन-रात वे मेहनत करते हैं और शनिवार तथा रविवार पूरी तरह छुट्टियों में व्यतीत करते हैं। अक्सर अपनी कारों के पीछे वे कारनुमा चलता-फिरता मकान लगा लेते हैं और घर से दूर किसी झील या जंगल के किनारे ठहर जाते हैं। धूप में उनका मन पागल हो उठता है।

अटूट मेहनत और लगन का परिणाम है कि जर्मनी से अधिक उन्नति युरोप के और किसी देश ने नहीं की। चारों ओर समद्धि और श्रम के प्रतिफल बड़े-बड़े कारखाने, बड़े शहर और ऊंची इमारतें देखने को मिलती हैं।

खिलौनों की सबसे बड़ी दुकान

न्यूरेमबर्ग में शायद यूरोप का सबसे बड़ा डिपार्टमेण्टल स्टोर्स है। खिलौनों की इतनी बड़ी दुकान दुनिया भर में कहीं नहीं है। भारतीय कपड़े यहां खूब मिलते हैं, लेकिन भारत के नाम पर नहीं—उनपर 'मेड इन हांगकांग' लिखा होता है। पूछने पर पता चला, हांगकांग में 'लेबर' सस्ता है, इसलिए कपड़े वहीं से सिलवाए जाते हैं। दूसरे, भारत के नाम पर माल की बिक्री भी कम होती है। बर्लिन में 'एशियाई वस्तुओं' की एक दुकान हमने देखी थी। वहां बुद्ध की मूर्तियां 'मेड इन जापान' अथवा चीन के नाम से बिकती थीं, जबकि वे सब भारत की बनी हैं।

न्यूरेमबर्ग से थोड़ी दूर एक कस्बे में हम जाकर ठहर गए। वह शाम हमने 'पेकेडली' में बिताई। लोग खलेआम शनिवार का आनन्द लट रहे थे। मेरे साथ मेरे मित्र थे रूडोल्फ। रूडोल्फ परेशान थे—उनका बड़ा लड़का एक कारखाने में काम करता है। वह रूबी नाम की एक अमेरिकन लड़की को घर ले आया है और वह वहीं उसके साथ रहती है। वह लड़की अपनी सारी जायदाद

और कार अमेरिका में बेचकर इस लड़के के लिए यहां भागकर आ गई है। इस घर में नीचे रूडोल्फ की सास रहती हैं—झुर्रियों-भरा उनका चेहरा अब भी मुझे याद आता है। लड़के उनकी देखभाल कतई नहीं करते। उनका बुढ़ापा अकेला और बेजान बीत रहा है। हम लोग पहुंचे तो उनका चेहरा खुशी से भर उठा था। रूडोल्फ और उनकी पत्नी के बीच वहीं तीव्र मतभेद भी हो गए—अमेरिकी लड़की को लेकर। पिता कुछ नहीं कर सकता, वह विवश सब कुछ देख सकता है, उसे देखना पड़ता है। अठारह वर्ष के बाद लड़का स्वतंत्र है, अपने सारे कार्यों और निर्णयों के लिए। अपनी शादी वह स्वयं करता है और पिता मात्र एक साधारण आमंत्रित अतिथि होता है। जर्मनी के लिए यह नया नहीं है। तब भी रूडोल्फ परेशान हैं। मैंने कहा, “भाई, जब तुम्हारी सभ्यता यही है तो...?”

“मैं उससे बात करूंगा।” रूडोल्फ सचमुच परेशान थे। उन्हें वह लड़की पसन्द नहीं थी। उन्होंने अपने लड़के से बात की तो उसने टका-सा जवाब दे दिया, “मैं अधिकार-सम्पन्न समझदार व्यक्ति हूं। आपसे सलाह किसने मांगी है?”

जाओ, मकान भेंट कर दिया

रूडोल्फ को इस घटना से इतनी चोट लगी कि दूसरे दिन अपना चुना हुआ विशिष्ट सामान अपनी कार में रखकर चलते समय उन्होंने अपने लड़के को वह मकान भेंट कर दिया और कहा कि दोबारा उस मकान में वे नहीं आएंगे। यदि उस शहर में भी आना पड़ा तो भी उस मकान में वे नहीं आएंगे और किसी होटल में ठहर लेंगे। मैं लड़के को देख रहा था, उसके चेहरे पर उपेक्षा की प्रतिक्रिया थी।

शहर छोड़ने से पहले वे मुझे ‘सिमेट्री’ में ले गए। वहां उनकी पारिवारिक कब्र थी। गिरजाघर के सामने कब्रिस्तान में परिवारों के लिए जगह नियत रहती है। प्रत्येक मृतक के नाम पर पत्थर लगा होता है, उसके सामने छोटी-सी फूलों की बगिया। मैंने देखा, एक अधेड़ औरत एक ताज़ा कब्र पर घास लगाने के बाद पानी दे रही थी और सिसक रही थी। हमें देखकर वह आंसू

पोंछ लेती, लेकिन वे फिर उतर आते थे। पता चला, हाल ही में उसके पति की मृत्यु हुई है। वहां रोज़ मृतक के परिवार का कोई सदस्य आता है और मृतक की कब्र पर उगाई गई घास तथा फूलों पर पानी देता है। एक दीपक भी शाम को जला दिया जाता है। जहां आदमी इतना मशीनी हो गया हो, जहां के रिश्ते इतने दूर और क्रूर हो गए हों, वहां उस स्त्री का दर्द! .. मुझे लगा, चाहे जो हो, आदमी की मूल भावनाएं नहीं बदल सकतीं। समय मिलते ही वे अचानक फूट पड़ती हैं।

मेरे मित्र ने गौर से अपनी पारिवारिक कब्रों को देखा था और कहा था, "यहीं मैं दफनाया जाऊंगा।"

"लेकिन तुमने तो कसम खा ली है, इस शहर में वापस नहीं आओगे!"

"हां, वह तो भूल ही गया था।" उन्होंने कब्र का पत्थर अपने हाथ से छुआ, वह उनके पिता की कब्र थी। पांच साल बाद ये कबें उसी परिवार के किसी अन्य मतक के काम आ जाती हैं और उसी जगह को खोदकर दूसरे को दफना दिया जाता है।

मैंने कहा, "यह अच्छा नहीं है, तुम लोग शायद जीवितों से अधिक मृतकों के साथ रहते हो।"

"तुम ठीक कहते हो। मुझे शवों को जलाने का भारतीय तरीका पसन्द है। अब जर्मनी में कुछ जगह शव जलाए भी जाने लगे हैं।"

रूडोल्फ ने पिता को 'हाज़िरी' देने का काम खतम कर दिया था। मुझे उस स्त्री के आंसू बहुत रास्ते तक दिखाई देते रहे, जो अपने मृत पति की कब्र के सहारे जी रही थी।

कारें बोतलों की तरह फेंक दी जाती हैं

बाम होलडर और फ्रेंकफर्ट में कुछ दिन गुज़ारे। चार भाषणों का आयोजन था। एक जगह सार्वजनिक स्वागत-समारोह। इतने अच्छे लोग कम मिलते हैं। इतना प्रेम और इतनी चिन्ता। भारत ही नहीं, पूरा एशिया यूरोप के लिए नया है। जब वे सुनते हैं कि बीच बाजारों में गाएं 'घूमती हैं, तो चकित रह जाते हैं। भारत में लड़के-लड़कियां मां-बाप की मरज़ी

के खिलाफ कुछ भी नहीं कर सकते तो उन्हें भरोसा ही नहीं होता। भारत के शहरों की आबादी इतनी अधिक है, सोचकर भी उनकी कल्पना नहीं ठहरती।

जर्मनी के लोग अपनी पिछली सभ्यता से कट गए हैं। 'फॉक कल्चर' (लोक संस्कृति) नाम की कोई चीज़ नहीं है। किसी पुरानी चीज़ के प्रति उनका लगाव नहीं है। चार-पांच साल कार चलाकर वे उसे फेंक आते हैं, फिर नई कार खरीद लेते हैं। कोकाकोला जैसे शीत पेय वहां बोतल सहित बिकते हैं। पीने के बाद बोतलें फेंक दी जाती हैं। मैंने पूछा, "इनको साफ कर फिर काम में क्यों नहीं लाते?"

उत्तर था कि बोतलों को धोने में जितना खर्च होगा, उससे कम कीमत में नई बोतलें बन जाएंगी। उनके यहां धोने और साफ करने का अर्थ हमारे यहां से भिन्न है। वे वैज्ञानिक ढंग से सफाई करते हैं। बोतलों को तोड़कर दोबारा उस कांच का भी उपयोग वे नहीं करते, क्योंकि एक बार उपयोग किया गया कांच यदि दोबारा काम में लाया जाए तो वह सफेद नहीं, हरा होगा। हरा कांच अच्छा नहीं माना जाता और कोई कम्पनी उसे लेने को तैयार नहीं होती। बोतलें समन्दर में फेंक दी जाती हैं। यह समस्या पूरे यूरोप में है—कई देशों ने 'विचार कमीशन' बैठाए हैं, बोतलों का क्या किया जाए!

जर्मनी में ही नहीं, सारे यूरोप में कहीं मिलावट और धोखा नहीं है। इतना अच्छा दूध भारत में दुर्लभ है। दूध कागज़ के डिब्बों में खूब ठंडा मशीनों में सिक्का डालकर कहीं से भी लिया जा सकता है। इसी तरह चाहे खाने-पीने की चीज़ें हों या दवाएं, सब निर्धारित मानदंडों से बनाई जाती हैं। बाजार में फल और सब्ज़ियां भी प्लास्टिक में बंद मिलती हैं। पानी हमारे यहां की तरह कहीं नहीं मिलता। जो पानी बोतलों में बंद मिलता है, उसे 'मिनरल वाटर' कहते हैं और ऐसे पानी, बीयर तथा कोकाकोला के भाव एक-से हैं।

मौसम के कारण वहां वैसे भी प्यास नहीं लगती। लोग बीयर और वाइन दिन-रात पीते हैं। जर्मनी में कई तरह की बीयर और वाइन बनाई

जाती हैं। जगह-जगह अंगूरों के बाग हैं। ये वाइन बनाने के काम आते हैं। जर्मनी की 'व्हाइट वाइन' और फ्रांस की 'रेड वाइन' दुनिया भर में प्रसिद्ध हैं।

फ्रेंकफर्ट लौटते हुए रास्ते में मेनहाइम के एक रेस्तरां में हमने लंच किया। मेनहाइम में बहुत बड़ा बाजार है—एक ही स्टोर में आप नंगे जाइए और कपड़ों से लेकर फरनीचर, मोटर और हवाई जहाज़ तक खरीदकर ले आइए। रेस्तरां में लंच लेने के बाद मैंने सादा पानी पीना चाहा और जब मेरे जर्मन मित्र पानी मांगने के लिए होटल-काउण्टर पर गए तो उस लड़की ने पानी देते हुए ऐसा रिमार्क किया कि फिर अपनी पूरी यूरोप—यात्रा में मैंने कहीं पानी नहीं मांगा। वह बोली, "पानी तो ले जाइए, लेकिन क्या आपके भारतीय मित्र ऊंट हैं?"

भाषा-प्रेम : अंगरेज़ी से मोह नहीं

11 अगस्त की सुबह मेरे जर्मन मेज़बान दोस्त मुझे अपनी कार में ईदा ओवरस्टाइन तक छोड़ गए। जाते समय बच्चों की तरह उन्होंने समझाया कि कहां-कहां रेल बदलनी होगी। फिर अलग-अलग समय खाने के लिए तरह-तरह के लंच पैकेट और वे सारे निर्देश, जो 15 दिनों की स्केंडनेवियन देशों की यात्रा से वापस लौटने तक ज़रूरी हैं, समझा-समझाकर उन्होंने दिए। भाषा की वहां बड़ी कठिनाई है। रेलवे स्टेशनों में सारे प्रसारण जर्मन भाषा में होते हैं। यह जानते हुए भी कि यूरोप में छोटे-छोटे ढेर से देश हैं और उन सबकी अपनी अलग भाषाएं हैं और एक-दूसरे से बहुत भिन्न भी हैं, सारे प्रसारण वे अपनी ही भाषा में करते हैं। यही बात फ्रांस में है—कहीं अंगरेज़ी का प्रयोग नहीं होता। इन देशों का भाषाप्रेम देखकर मुझे भारत की अंगरेज-परस्ती पर तरस आया। वहां के लोग जानते हैं कि रोज़ सैकड़ों विदेशी रेलों से यात्राएं करते हैं, तब भी उन्हें उनकी चिंता नहीं है। विदेशियों की सुविधा का ध्यान अवश्य उन्हें है। प्रत्येक स्टेशन पर लॉकर्स होते हैं, जहां आप अपना सामान सुरक्षित रख सकते हैं और फिर जब चाहे

सिक्का डालकर स्वयं लॉकर खोल सकते हैं। चाबी आपके पास रहेगी। इसी तरह प्रत्येक स्टेशन पर बैंक हैं, जिनमें दुनिया के किसी भी देश की मुद्रा को आसानी से भुनाया जा सकता है।

यूरोप की रेलों में यात्रा करने का अपना मज़ा है। रेलों के डिब्बे साफ-सुथरे होते हैं। चार-पांच डिब्बों की एक पूरी गाड़ी होती है, जिसमें प्रथम और द्वितीय दो दर्जे होते हैं। दोनों में बैठने के लिए अलग-अलग आरामदेह कुरसियां होती हैं। सोने के लिए शयनिकाएं अलग हैं और प्रथम श्रेणी के यात्री को भी यदि शयनिका चाहिए तो अलग किराया देना होता है। एक रात के लिए जर्मनी में 14.50 मार्क (1 मार्क में तब तीन रुपये मिलते थे), स्वीडन और नार्वे में 28 क्रोनर (तब 1 क्रोनर दो रुपयों का होता था) देने पड़ते हैं। वैसे भी रेल का किराया (किराये को वे 'प्राइस' कहते हैं) भारत से कई गुना अधिक हैं। अंदाज़ लगाने के लिए फ्रेंकफर्ट से स्टाकहोम का एक तरफ का रेल-भाड़ा 226.80 मार्क (तब 680.40 रु०) है।

चार साढ़े चार घंटे की यात्रा के बाद हेमबुर्ग के आगे जर्मनी की सीमा खत्म हो जाती है। फुटगार्डन्स के बाद समन्दर है और समूची रेल एक जहाज़ के ऊपर लाद दी जाती है। उस जहाज़ पर पटरियां बनी होती हैं और यह जहाज़ समन्दर में एक घंटा रेल को लिए चलता है। इस बीच जहाज़ की कैण्टीन में भोजन किया जा सकता है और 'कस्टम फ्री' दुकानों से सामान खरीदा जा सकता है।

जहाज़ में यहां-वहां घूमने की आज़ादी है, लेकिन एक घंटे बाद जहाज़ दूसरे किनारे पर जैसे ही लगा, रेल चल देती है। किसी तरह की सूचना यात्रियों को नहीं दी जाती। यह यात्रियों का काम है कि वे स्वयं सतर्क रहें।

जहाज़ पर चढ़ी हुई रेल

उस पार पहुंचते ही डेनमार्क शुरू हो जाता है। कोपनहेगन डेनमार्क की राजधानी है। कोपनहेगन को पार करते ही फिर समन्दर आ जाता है और फिर से समूची रेल दूसरे जहाज़ पर चढ़ा दी जाती है। यहां सफर आध घंटे

का है। यह समय आधी रात के बाद आता है, इसलिए यात्री अकसर आराम की मुद्रा में रहते हैं।

यात्रा और विशेषकर रात का सफर अच्छा कटा। हमारे डिब्बे में एक अमेरिकी लड़की थी और वह भी केवल अंगरेज़ी जानती थी। इसलिए पूरा समय बातचीत में बीत गया। कोई अंगरेज़ी जानने वाला न मिले तो सारी यात्रा भारी हो जाती है। भाषा के बिना आप अपने सहयात्री से क्या बात करेंगे?

सुबह-सुबह रेलगाड़ी स्टाकहोम पहुंच गई और स्टेशन पर ही मिल गए मेरे मित्र डा० सतीकुमार। वहां विश्वविद्यालय में इंडोलॉजी विभाग में काम करते हैं। उनकी पत्नी बलगेरिया की हैं।

एक समृद्ध समाजवादी देश

स्वीडन समूचे यूरोप में सबसे समृद्ध और आधुनिक देश है। स्टाकहोम, जो स्वीडन की राजधानी है, दुनिया के आधुनिकतम शहरों में से है। आश्चर्य की बात यह है कि इतनी समृद्धि के बावजूद वह समाजवादी देश है। उसका समाजवाद मान्य परिभाषा से भिन्न है। वहां की सामाजिक सत्ता की एक घटना मुझे सुनने को मिली थी। शहर के चौक में एक वृक्ष को काटने का सरकारी आदेश निकाला गया था। उसके अनुसार वृक्ष काटने कुछ अफसर वहां आए, लेकिन तब तक कालेजों और विश्वविद्यालय के विद्यार्थियों ने वह वृक्ष घेर लिया था। वे उसे पकड़कर बैठ गए और कहने लगे, हम इसे नहीं काटने देंगे, क्योंकि हम इसकी छाया में बैठते हैं। काफी देर तक दोनों ओर से ज़िद होती रही, अंत में अफसरों को वापस जाना पड़ा और फिर वहां की संसद में यह प्रश्न उठाया गया। संसद ने प्रस्ताव पास किया कि वह वृक्ष नहीं काटा जाएगा। जनमत के सामने संसद को भी झुकना पड़ा, क्योंकि उस वृक्ष को काटने का पहला प्रस्ताव संसद ने ही पास किया था।

स्वीडन में रेडियो और टेलीविज़न का संचालन एक निजी कम्पनी द्वारा होता है। उस कम्पनी में ग्यारह सदस्यों का एक 'बोर्ड ऑफ गवर्नर्स' है। इसमें से छः सरकार द्वारा नियुक्त हैं और बाकी पांच शेयरहोल्डरों के प्रतिनिधि हैं। कम्पनी के पास खासी सम्पत्ति है और रेडियो-टेलीविज़न की लाइसेंस फीस भी

काफी ली जाती है। मुझे पता लगा था, दोनों के लिए 220 स्वीडिश क्रोनर (1 क्रोनर उस समय दो रुपये का होता था) प्रतिवर्ष लिए जाते हैं। इनसे जितने भी कार्यक्रम प्रसारित होते हैं, उनपर सरकार का कोई नियंत्रण नहीं है। कार्यक्रमों के स्तर और नीतियों पर दृष्टि बनाए रखने के लिए सात सदस्यों की एक अलग समिति होती है।

स्टाकहोम में दैनिक और साप्ताहिक समाचारपत्रों की संख्या काफी है। 'मॉर्निंग' और 'ईवनिंग' के लिए अलग-अलग दैनिक पत्र छपते हैं और उनकी पृष्ठ-संख्या लगभग तीस और चालीस के बीच होती है। सुबह के पत्रों में दो पत्र बहुत बड़े हैं—(1) डेगन्स न्याहेतर (Dagens Nyheter) : प्रसार-4,52,056, पृष्ठ 47, मूल्य 1 क्रोनर प्रतिदिन, (2) स्वेन्सका डागब्लैंडेट (Svenska Dagblandet) : प्रसार 1,56,702, पृष्ठ 40, मूल्य 1 क्रोनर। सांध्य दैनिकों में भी दो समाचारपत्र बहुत बड़े हैं—(1) एक्सप्रेसन, प्रसार–5,76,130 और (2) आफतन ब्लैंडेट, प्रसार-4,77,006। वैसे पूरे स्वीडन में डेढ़ सौ से अधिक दैनिक समाचारपत्र प्रकाशित होते हैं।

समाचारपत्रों की नीतियों पर सरकारी नियंत्रण कतई नहीं है, लेकिन सैनिक सूचनाओं को छापना और किसी व्यक्ति का निरादर करने के उद्देश्य से समाचार प्रकाशित करना 'क्रिमनल लॉ' के अन्तर्गत आता है। जनता की समस्याओं और उनके स्वरों को यहां के समाचारपत्र पूरी ज़िम्मेदारी से उठाते हैं। वहां के नागरिकों को पूरी आज़ादी है कि वे कोई भी सरकारी रिकार्ड जब चाहें, देख सकते हैं। वे सरकार से उसके कार्यों के बारे में पूछ सकते हैं।

स्वीडन के समाचारपत्र वहां के विभिन्न राजनैतिक दलों को अपने-अपने ढंग से सहयोग देते हैं। उदाहरण के लिए 'एक्सप्रेसन' और 'गोटेबर्ग पोस्तेन' लिबरल पार्टी की नीतियों के समर्थक हैं। 'डेगन्स न्याहेतर' की नीति स्वतंत्र है। 'स्वेन्सका डागब्लैंडेट' कन्जरवेटिव पार्टी का पत्र है और 'आफतन ब्लैंडेट' सोशियल डेमोक्रेट दल को समर्थन देता है। इन दिनों इसी दल के हाथ में वहां की सरकारी सत्ता है।

जहां तक फिल्मों का सवाल है, उनपर सरकार का कोई नियंत्रण नहीं है, तब भी सेंसर के लिए 'नेशनल बोर्ड ऑफ सेंसरशिप' है। इसका काम हमारे यहां के सेंसर बोर्ड से एकदम अलग है। 'सेक्स' वहां कोई समस्या नहीं है, इसलिए उसपर किसी तरह का प्रतिबंध भी नहीं है। फिल्मों में पूरे सेक्स के दृश्य दिखाए जा सकते हैं।

स्वीडन ही नहीं, समूचे यूरोप ने 'सेक्स' के प्रति अपनी दृष्टि ही बदल दी है। बलात्कार वहां भी अपराध है, लेकिन इसके मामले बहुत कम होते हैं। लड़के-लड़कियों को सेक्स की पूरी छूट है। यहां तक कि क्लास रूम में पुरुष-स्त्री-सम्बन्ध पुतलियों के सहारे बच्चों को समझाया जाता है कि उनका जन्म कैसे हुआ है। टेलीविज़न में भी ऐसे दृश्य दिखाए जाते हैं। लंदन में तो मैंने एक अस्पताल में वास्तविक प्रसव की पूरी फिल्म टेलीविज़न पर देखी थी।

स्वीडन मुक्त और सम्पन्न है। इसमें पुराना और नया शहर अलग-अलग देखा जा सकता है। पुराने शहर 'गमला-स्थान' में पोरनो फिल्मों को दिखाने वाले थियेटर हैं। इनमें लगातार फिल्में होती रहती हैं। आप कभी भी जाकर बैठ सकते हैं। रात को पौने ग्यारह बजे तक फिल्में चलती हैं। प्रवेश-फीस केवल 13 क्रोनर देनी पड़ती है। ऐसे थियेटर लगातार एक लाइन में बने हुए हैं। 'पिकाडली', 'गे ईवनिंग', 'पोरनो', 'लंदन' इत्यादि इन थियेटरों के नाम हैं। आश्चर्य यह है कि पोरनो फिल्में देखने के लिए पुरुष और स्त्रियां साथ-साथ ही नहीं, अलग-अलग भी आते हैं। 'कैबरे' और 'स्ट्रिपटीज़' रोज रात को कई थियेटरों में दिखाए जाते हैं। उनमें नग्नता की कोई सीमा नहीं है।

स्वीडन के बारे में मैंने बहुत कुछ पढ़ा था। वहां जाकर लगा, उसे अतिरंजना के साथ प्रस्तुत किया गया है। असल में, यदि हम भारतीय दृष्टि से देखने लग जाएं तो स्वीडन ही नहीं, समूचा यूरोप हमें कुछ और ही दिखाई देगा। उनकी नैतिक मान्यताएं सेक्स को लेकर नहीं हैं, बल्कि व्यक्तियों की नीयत और उपलब्ध वस्तुओं को लेकर हैं। भारत की तरह मिलावट और धोखेबाज़ी वहां कहीं देखने को नहीं मिली।

स्वीडन में पुलिस का प्रभाव बहुत है। पुलिस का सिपाही प्रायः बी० ए० तक पढ़ा होता है। वह जनता का सेवक और रक्षक है, लेकिन जहां अपराध होते हैं, वह सख्ती से काम लेता है। मुझे वह शाम याद है, मेरे मित्र डा० सतीकुमार कुछ समय के लिए होस्टल की देखरेख कर रहे थे। शाम को 15-20 लड़कों का दल कॉमन-रूम में आ घुसा। वे अकसर वहां पहुंचकर कुरसियां तोड़ते हैं। हमने उन्हें रोका और उनसे जाने के लिए कहा, लेकिन वे नहीं माने। तब डा० सतीकुमार ने कहा, "ठहरिए, मैं पुलिस को बुलाता हूं।" पुलिस का नाम सुनते ही सारे लड़के 'पुलिस, पुलिस' कहते हुए दूसरे दरवाजे से भाग खड़े हुए।

बच्चों को मारना अपराध

स्वीडन में बच्चों को डांटना अथवा मारना अपराध है। यदि कोई 'पड़ोसी भी शिकायत कर दे कि किसी मां या बाप ने अपने बच्चे को मारा है, तो उसे जेल भेज दिया जाता है। बच्चे को सरकारी रखवाली में किसी और घर में उतने दिनों के लिए रख दिया जाता है और वह खर्च सरकार देती है। स्वीडन में वैसे भी नौकरी, बेकारी, बीमारी और बुढ़ापे की सारी ज़िम्मेदारी सरकार की है। एक निश्चित राशि नियत है और यदि कोई नागरिक बेकार हो तो उसे उतनी राशि प्रति सप्ताह मिलती रहेगी। इसमें घर का किराया भी शामिल होगा। योग्यतानुसार नौकरी देने का काम भी सरकार का है। वैसे वहां पार्ट-टाइम काम बहुत मिलते हैं। जो वेतन दिया जाता है, उसमें से इनकम-टैक्स वहीं सोर्स में काट लिया जाता है। परिणाम यह है कि कोई वहां इनकम-टैक्स की चोरी नहीं कर सकता और न इनकम-टैक्स अफसरों से डरता है, बल्कि वर्ष के अंत में अधिकांश लोगों को ज़्यादा काटा हुआ इनकम-टैक्स विभाग से अपने-आप वापस मिल जाता है। इसके लिए कोई रिटर्न भरने की ज़रूरत नहीं है। वहां का प्रत्येक नागरिक अपनी ज़िम्मेदारी समझता है और काला धन जैसी कोई चीज़ वहां पनप नहीं सकी। इनकम टैक्स की दरें काफी हैं, लेकिन उनके साथ ही सरकार प्रत्येक नागरिक के पूरे जीवन का जिम्मा भी लेती है।

हमारी तरह जनसंख्या वहां नहीं है, बल्कि वहां अधिक बच्चे पैदा करने के लिए प्रोत्साहन दिया जाता है। कुमारी मांओं को पूरा सम्मान मिलता है। पहले बच्चे के लिए, बच्चा पैदा होते ही दो हज़ार क्रोनर पुरस्कार के रूप में दिए जाते हैं। इनसे प्रसव के खर्च आदि की व्यवस्था की जा सकती है। वैसे भी वहां स्वास्थ्य की देखभाल मुफ्त की जाती है। मां को छ: महीने की सवेतन 'प्रसवकालीन' छुट्टी मिलती है। सरकार चाहती है कि उनके देश की आबादी बढ़े।

भारत के संबंध में वहां बहुत कम जानकारी है। यहां तक कि समाचारपत्रों के सम्पादक भी भारत के बारे में कम जानते हैं। समाचारों के लिए उन्हें लंदन की खबरों पर निर्भर रहना पड़ता है। एक दैनिक पत्र के प्रमुख सम्पादक से मेरी भेंट हुई थी। वे दो बार भारत आ चुके थे। उनके कमरे में भारत के कई चित्र लगे थे। ये चित्र यहां के दरिद्र भिखमंगों, फटेहाल औरतों और आदमियों तथा चांदनी चौक में भीड़ के बीच खड़ी गायों के थे। वे भारत की तारीफ कर रहे थे। मैंने उनका कमरा देखते हुए कहा, "आपने वाकई भारत देख लिया है?"

"हां, मैं दो बार गया हूं, आपके देश।"

"आप ज़रूर गए होंगे," मैं अपना क्रोध रोकना चाहता था, नहीं रोक सका। मैंने कहा, "आप अपनी जेब में स्टाकहोम लेकर भारत गए होंगे। मुश्किल तो यह है कि आप ही नहीं, यूरोप के सारे लोग भारत को अपनी नजरों से देखते हैं।"

इसके बाद मुझे जोश आ गया। मैंने कहा, "क्या यही भारत है, जो आपने अपनी दीवार पर लटका रखा है? क्या वहां सभी भिखारी और भिखमंगे हैं? वहां बड़े-बड़े कारखाने नहीं हैं? ऐसे लोग नहीं हैं, जो एक रात में एक लाख रुपया खर्च देने का सामर्थ्य रखते हैं? ...क्या मैं भारत का नहीं हूं? आपसे भीख मांगने आया हूं?...मैंने आपसे ज़्यादा गंदे कपड़े पहन रखे हैं?.. मेरी बुद्धि आपसे कम है?...फिर मेरी तसवीर आपके कमरे में क्यों नहीं है?"

सम्पादक महोदय सुनकर हतप्रभ हो गए। वहां कोई आदमी कभी नाराज़ नहीं होता। मैं वास्तव में आक्रोश में था। थोड़ी देर बाद हम शांत हुए

और उन्होंने कहा, "आप सही कहते हैं। हम प्रयत्न करेंगे, हमें सीधे भारत से समाचार मिलें।" दूसरे दिन उन्होंने अपने अखबार में यह पूरा समाचार छापा था और 'एक भारतीय लेखक तथा पत्रकार की राष्ट्रीयता और देशभक्ति की उन्होंने प्रशंसा की थी।

वास्तव में यूरोप में भारत का कोई प्रचार-प्रसार नहीं है। हमारे उच्चायोग और दूतावास! उनके बारे में कुछ न कहा जाए तो ही बेहतर है। स्वीडन में ही मैंने चाहा था कि वहां के लेखकों को बुलाया जाए तो दूतावास के अधिकारी सभी मात्र नाटक करते रहे। वहां के कौंसिलर श्री तिवारी मेरे मित्र थे। उन्होंने ही निजी रूप से जो हो सका, किया।

15 अगस्त के दिन मैं स्टाकहोम में था। फेलतेवस्तेन (फील्ड कर्नल हॉल) में इंडियन एसोसिएशन ने स्वतंत्रता दिवस का कार्यक्रम आयोजित किया था। इस बहाने लगभग 200 भारतीय वहां इकट्ठे हो गए थे और मुझे उनसे मिलने का एक अवसर हाथ लग गया था। श्री अवतारकृष्ण वहां भारत के एम्बेसेडर हैं। उनसे काफी देर बातचीत हुई। वे नये-नये वहां आए थे। मैंने उन्हें बताया कि दूतावास के अधिकारियों को यहां के साहित्यिक और सांस्कृतिक व्यक्तियों से गहरे सम्पर्क रखने चाहिए। वह समारोह अपने-आपमें नितान्त बोर था। वहां भारत के संगीत और नृत्य तथा सांस्कृतिकता की झलक प्रस्तुत की जा सकती थी, नहीं की गई।

स्वीडन स्टैंड्स फॉर क्वालिटी

स्टाकहोम खूबसूरत शहर है—जगह-जगह झीलें हैं और ऊंची इमारतें तथा आधुनिकतम डिपार्टमेंटल स्टोर्स। बाज़ार में कीमतें जर्मनी से अधिक हैं। यूरोप में लंदन ही सबसे सस्ता है। रहन-सहन में लंदन वाले जर्मनी से अपने को नीचा समझते हैं और जर्मनी वाले स्वीडिश लोगों को अपने से बहुत ऊंचा मानते हैं। स्वीडन में बनी वस्तुएं भी यूरोप के बाज़ार में महंगी हैं। उनका कहना है, 'स्वीडन स्टैंड्स फॉर क्वालिटी'। एक सीमा के बाद वे किसी चीज़ की कीमत कम नहीं करते, बल्कि स्वीडन की बनी चीज़ें यूरोप के अन्य देशों में स्वीडन से सस्ती मिलती हैं। वहां की 'सेंटरम' घड़ी फ्रेंकफर्ट

में वहां से लगभग आधी कीमत में मिलती है। स्वीडन के लोगों का विचार है कि कीमतें घटाने से 'लिविंग स्टैंडर्ड' नीचे गिरेगा। वे कमाते भी खूब हैं और खर्च भी करते हैं। वहां ओवरटाइम काम करने वालों को 50 क्रोनर प्रति घंटे के हिसाब से मज़दूरी मिलती है। किसी भी काम को वहां छोटा या बड़ा नहीं समझा जाता।

हमारे मित्र विश्वविद्यालय में काम करते हैं। उन दिनों विश्वविद्यालय बंद थे, इसलिए वे और उनकी पत्नी एक अखबार के दफ्तर में रात को साधारण-सा काम थोड़े दिनों के लिए करने लगे थे। उनके एक भाई, जो दिल्ली से पहुंचे थे, यूरोप-यात्रा के लिए पैसा जमा करना चाहते थे। उन्हें बीयर के एक कारखाने में काम मिल गया था। वहां उनका काम था—खड़े रहकर यह देखना कि बीयर की बोतलें ठीक क्रम से बाहर निकल रही हैं अथवा नहीं। इसके लिए उन्हें 25 क्रोनर प्रति घंटा मिलते थे। ओवरटाइम करने पर यह रकम दूनी हो जाती है। ऐसे सारे काम वहां के लोग गर्व से करते हैं।

बाल्टिक सागर के किनारे बसा स्टाकहोम दर्शनीय शहर है। शहर के बीच में कांच का एक ऊंचा स्तम्भ है। उसके चारों ओर फव्वारे चलते रहते हैं। इसीके सामने स्वीडिश पार्लियामेण्ट है। पार्लियामेण्ट के नीचे कल्चरल हॉल है और कल्चरल हॉल के सामने का कटोरीनुमा मैदान एक दिलचस्प जगह है। वहां हिप्पी और हिप्पी-तरह के अन्य लोग अजीब मुद्राओं में अजीब हरकतें करते देखे जा सकते हैं। चरस, हशीश और गांजा पीकर सीढ़ियों पर लोग पड़े रहते हैं। लड़के और लड़कियां वहां दिलचस्प हरकतें करते हैं।

एक दिन हमने एक लड़की को देखा था। वह सुन्दर थी, लेकिन उस मैदान से गुजरने वाले प्रायः प्रत्येक आदमी को रोककर उससे 'किस' करवाती थी। हमने लगातार दो-तीन दिन उस लड़की को ऐसी स्थिति में देखा था।

कल्चरल हॉल के सामने ही यहां का आलीशान शॉपिंग सेंटर है और एक ओर थोड़ा चलकर स्वीडिश अकादमी है, जहां नोबल पुरस्कार से संबंधित कार्यालय है। नोबेल पुस्तकालय पुराने स्टाकहोम 'गमलास्थान' में है। वह एक

संकरी गली है और बहुत पुरानी है। वहां के मुख्य लायब्रेरियन से मैंने भेंट की थी। उन्होंने वह विशाल पुस्तकालय दिखाया था। सारे देशों की पुस्तकें वहां थीं, लेकिन हिन्दी की पुस्तकें वहां नहीं थीं। प्रमुख पुस्तकालयाध्यक्ष चाहते थे, हिंदी पुस्तकों का संग्रह उनके पास हो। वे इसके लिए प्रयत्न भी कर रहे थे। चीनी साहित्य का वहां अच्छा संग्रह है।

हमने वहां वह शानदार हॉल भी देखा था, जहां नोबल पुरस्कार दिया जाता था। आकर्षक ढंग से सजा हुआ हॉल छोटा है, इसलिए अब मुख्य समारोह सिटीहॉल में किया जाता है। हम पुरस्कार समिति के कुछ सदस्यों से भी मिले थे। उन्होंने अपनी यह इच्छा प्रकट की थी कि वे एशिया के लेखकों को पुरस्कार देना चाहते हैं। इसी संदर्भ में मुझे बताया गया कि भारत के कई लेखक अपनी पुस्तकें स्वयं पुरस्कार के लिए भेजते हैं और स्वयं अपना नाम भी प्रस्तावित कर देते हैं।

नोबल पुरस्कार के लिए हिंदी कोई स्वीकृत भाषा नहीं है। आठ यूरोपीय भाषाएं ही इसके लिए स्वीकृत हैं। अल्फ्रेड नोबल स्वीडन का करोड़पती व्यक्ति था। उसका जन्म 21 अक्तूबर, 1833 को स्टाकहोम में हुआ था। वह सन् 1842 में रूस चला गया और वहां जाकर उसने अपना व्यापार शुरू किया। सन् 1863 में वह अपने देश वापस लौट आया और हेलेनबर्ग में अपने पिता की दवाइयों की दुकान में काम करने लगा। उसका सितारा एक इतालवी वैज्ञानिक एसकेनियो सोबरेरो के प्रयत्नों से चमक उठा। इस वैज्ञानिक ने 1864 में 'एक्सप्लोजिब्स' बनाने का नया तरीका निकाला और निर्माण कार्य शुरू कर दिया। धीरे-धीरे इसका विस्तार अल्फ्रेड ने किया और उसने 20 देशों में 80 कम्पनियों की स्थापना की। 27 नवम्बर, 1895 को अल्फ्रेड ने अपनी 'विल' (वसीयत) में व्यवस्था की कि उसकी 620 लाख डालर की सम्पत्ति से जो ब्याज आएगा, वह चार अंतर्राष्ट्रीय पुरस्कारों में लगाया जाए। सन् 1900 में 'नोबल फाउण्डेशन' बना और चार पुरस्कारों के लिए चार विभिन्न संस्थाएं बनाई गईं :

1. रॉयल अकादमी ऑफ साइसेंस : फिज़िक्स और केमिस्ट्री के लिए।
2. कारोलिंस्का इंस्टीट्यूट : फिज़ोलॉजी और मेडीसन के लिए।

3. स्वीडिश अकादमी : साहित्य के लिए।

4. नोबल कमेटी ऑफ नारवेजियन पार्लियामेण्ट : शान्ति के लिए

नोबल पुरस्कार प्रतिवर्ष 10 दिसम्बर को दिए जाते हैं। उस दिन अल्फ्रेड नोबल की मृत्यु हुई थी। स्वीडन के राजा विजेताओं को पुरस्कार देते हैं। पुरस्कार-समारोह अत्यन्त सादे ढंग से होता है। मैंने समारोह के समय काम में आने वाली विशिष्ट कुरसियों और भवनों को देखा है। अब तक के पुरस्कार-विजेताओं के वहां चित्र भी सुरक्षित हैं। उनका साहित्य भी सुरक्षित रखा गया है।

नोबल पुरस्कार का केन्द्र होने से स्टाकहोम को सांस्कृतिक और साहित्यिक महत्त्व अपने-आप मिल गया है। वैसे भी वहां सांस्कृतिक गतिविधियां हमेशा होती रहती हैं।

एक शाम ड्रेमटन के रॉयल ड्रेमेटिक थियेटर में हमने गुज़ारी थी। उस दिन अपेक्षाकृत नये एक लेखक का नाटक प्रदर्शित किया जा रहा था। भाषा की कठिनाई के बावजूद आधुनिक सभ्यता से आक्रांत पुरुष-स्त्री-संबंधों का विश्लेषण साफ समझ में आ रहा था। वे सब 'अमेच्योर' कलाकार थे, लेकिन उनका अभिनय सधा हुआ था। 'रॉयल ओपेरा' और 'सीविक थियेटर' वहां के दूसरे दो बड़े केन्द्र हैं।

स्कान्सा संस्कृति का केन्द्र

स्टाकहोम संग्रहालयों से भरा पड़ा है। यही इस देश की सांस्कृतिक विरासत है। आरमी और बैंकिंग म्यूज़ियम से लेकर, प्रेस और रेलवे म्यूजियम भी हैं। इतिहास और 'वाइन एण्ड लिकर' म्यूज़ियम ज़्यादा दिलचस्प हैं। यदि यहां के संग्रहालय ही देखे जाएं तो पन्द्रह दिन यूं ही बीत जाएंगे।

स्टाकहोम का 'स्कान्सा' वहां की प्रगति का प्रतीक है। स्कान्सा को मैं अजायबघर कहूंगा। 75 एकड़ के क्षेत्र में बना यह केन्द्र दर्शकों को बहुत आकर्षित करता है। सन् 1891 में यह बना था।

दोपहर को कौंसिलर श्री तिवारी के साथ हम 'स्कान्सा' देखने गए थे।

चार-पांच सौ साल पहले स्वीडन के लोग कैसे रहते थे, कैसे उनके मकान थे, मकानों में कितने छोटे बिस्तर होते थे और जंगली भालुओं से बचने के लिए वे कैसे दुबक जाते थे, यह सब वहां जाकर देखा जा सकता है। उस समय के बर्तन, उस समय की औरतें (अब आधुनिक औरतों को प्राचीन वेशभूषा पहनाकर खड़ा कर दिया जाता है) और फिर वहां के लोकनृत्य। लकड़ी के छोटे-छोटे मकानों से बने गांव वहां दिखाए गए हैं। उस समय का छापाखाना है और कांच बनाने का केन्द्र।

स्वीडन की सभ्यता 700 वर्ष से पुरानी नहीं है, लेकिन इन सात सौ वर्षों में ही यह देश इतना आधुनिक हो गया है कि अब सारी प्राचीनता और प्राचीन मूल्य 'स्कान्सा' की सम्पत्ति बन गए हैं। इसे देखकर मुझे बार-बार यह लगा कि स्वीडन के लोग यदि भारत को एक बड़ा "स्कान्सा' समझें तो विचित्र बात न होगी।

स्कान्सा का प्रवेश शुल्क 5 क्रोनर है और एक पूरा दिन आराम से व्यतीत किया जा सकता है। सफेद और लाल कपड़े पहने एक युवा लड़की उस समय हमारी गाइड थी। उसके बोलने का ढंग और होंठ बनाने का तरीका 'स्कान्सा' के अनुरूप था। वह धाराप्रवाह अंग्रेज़ी बोलती थी। सारी झोंपड़ियों और प्राचीन गांवों को दिखाने के बाद उसने हमें एक बड़े मैदान में छोड़ दिया, जहां लड़के-लड़कियां लोकनृत्य प्रस्तुत कर रहे थे। उसीके आगे जानवरों का म्यूज़ियम था। नीचे की ओर रोज़ शाम ओपेरा अथवा नाटक होते हैं यहां और टेलीविज़न में दिखाए जाते हैं।

स्कान्सा के सामने ही 'तिवोली' है। पूरा नाम है 'ग्रोना लुंडाज़ तिवोली' बच्चों के लिए विशेष आकर्षण। रोज़ शाम को स्वीडन और अन्य देशों के कलाकार अपने कार्यक्रम यहां प्रस्तुत करते हैं।

4 लाख 50 हज़ार वर्ग किलोमीटर का यह पूरा देश उत्तर और दक्षिण दोनों ओर जलवायु की दृष्टि से दो छोर है। आबादी ज़्यादा नहीं है, 80 लाख की कुल जनसंख्या है। उत्तरी भाग लेपलैंड क्षेत्र में आता है और बेहद ठंडा है। पूरे देश में स्टाकहोम ही एकमात्र सबसे बड़ा शहर है। शहर और भी हैं, लेकिन स्टाकहोम दुनिया के खूबसूरत और अत्याधुनिक शहरों में से है। ज़मीन

के नीचे एक के बाद एक, इस तरह तीन ट्यूबें हैं, जिनमें रेलें चलती हैं। यहां ट्यूब को 'टनलबाना' कहते हैं।

असफलता की कहानी का शानदार प्रदर्शन

असफलता की भी अपनी एक कहानी हो सकती है, इसे देखना है तो स्टाकहोम का 'वासा' संग्रहालय देखा जा सकता है। स्वीडन के राजा गुस्तावस (द्वितीय) एडोल्फस ने सन् 1625 में एक बड़े समुद्री जहाज़ के निर्माण का हुक्म दिया था। तीन वर्षों में वह जहाज़ बनकर तैयार हुआ और जैसे ही अपनी पहली समुद्री यात्रा के लिए रवाना हुआ कि समन्दर में डूब गया। उन दिनों जहाज़ों का प्रचलन नहीं था। लगातार कई वर्षों तक उस जहाज़ की खोज की जाती रही और अंत में 1959 में किसी तरह उस जहाज़ का पता लगा और उसे समुद्र से निकाला गया। यही जहाज़ 'वासा' था। अब 'वासा म्यूजियम' बनाया गया है और इसे देखने प्रतिदिन ढेर-से यात्री आते हैं। जहाज़ में जितने आदमी थे सभी, मारे गए थे। जहाज़ की नक्काशी दर्शनीय है। वह वायु की गति के साथ चलता था। उन दिनों वहां समुद्री जहाज़ों का प्रचलन नहीं था, लेकिन अपनी असफलता को भी किस ढंग से प्रसारित और प्रचारित किया जाता है, 'वासा' इसका उदाहरण है। जहाज़ को मसालों से सुरक्षित रखा गया है, ताकि उसकी लकड़ी खराब न हो। वैसे भी यह जहाज़ मानवता की करुण कहानी का प्रतीक तो है ही।

एक अद्भुत कला-शिल्पी

स्टाकहोम में मुझे जिसने सबसे अधिक प्रभावित किया, वह मिलेस गार्डन है। शाम का समय था, सूरज बाल्टिक सागर की सतह को छू रहा था। समन्दर के बीच छोटे-छोटे टापू हैं और किनारे पर ही प्रसिद्ध कलाकार मिलेस की बनाई प्रस्तर प्रतिमाएं हैं। उस समय मिलेस की शताब्दी मनाई जा रही थी। सौ साल पहले इस अद्भुत कला-शिल्पी का निधन हुआ था। पत्थरों को तराशकर इतना कुछ सजीव बनाना! देखकर आंखें फटी रह जाती हैं। नंगी औरतें, घोड़ा और उड़ता हुआ आदमी, जो समय और परिधि का प्रतीक

हैं और आदमकद अन्य मूर्तियां मिलेस के हस्तकौशल की कहानी कहते हैं। उड़ती हुई पत्थर की चीलें देख लगता है, जैसे सचमुच अचानक हवा से उड़कर चीलें बीच में ही ठहर गई हैं। मिलेस अपने समय का श्रेष्ठतम शिल्पी तो रहा ही होगा, आज भी इन प्रस्तर प्रतिमाओं को देखकर चकित रह जाना पड़ता है। महासागर के किनारे खड़ी ये प्रतिमाएं कब चलने और बोलने लगें, कोई नहीं जानता।

स्वीडन में लेखकों का प्रभावशाली संगठन है—स्वीडिश ऑथर्स एसोसिएशन। सन् 1893 में यह बना था और श्री वेरनर वान हाइडेस टाम की प्रेरणा से यह संगठन बनाया गया था। बाद में लेखक श्री टाम को नोबल पुरस्कार भी मिला।

एक शाम स्वीडन के लेखकों के बीच गुज़ारकर एकदम नया ही अनुभव हुआ। लेखकों के अधिकारों और उनकी सुरक्षा के लिए इस संगठन ने जो कुछ किया है, शायद ही दुनिया में किसीने किया हो। यह अत्यधिक प्रभावशाली संगठन है और वहां की सत्ता को भी उसके सामने झुकना पड़ता है। यहां के लेखक राजनीति से दूर हैं और स्वाभिमान के साथ जीते हैं। लेखकों के लिए कॉपीराइट के अधिकारों को लेकर यह संगठन जमकर लड़ाई लड़ता रहा है।

वह एक काव्य-संध्या थी और अब बहुत तो याद नहीं है, एक कविता की पंक्तियां लगभग अब भी मेरे कानों में गूंजती हैं :

मृत्यु की स्थितियां बनाना
अ-सहज नहीं है,
जीने के अधिकार देना कठिन है,
लेकिन
देता कौन है?
अधिकार मांगने वाले
वे कमज़ोर जन्तु हैं
जिनकी नियति है पैरों से रौंदे जाना।

स्वीडन के लेखकों को अपनी भाषा पर गर्व है। अंगरेजी सभी समझते है,

परन्तु लेखन स्वीडिश में होता है। वैसे आम लेखक वहां सरकार और जनता से दूर है और एकांत में लेखन-कार्य करता है। वह अपनी दुनिया का बादशाह है और समय-समय पर सत्ता को चुनौती देने की सामर्थ्य रखता है।

रोकने वाला भी शराबी

ओसलो में 17 अगस्त की शाम।

सात बजे होंगे, शहर घूमकर हम स्टेशन लौटे थे। यहां से अगली रेलगाड़ी पकड़कर आगे जाना था। ओसलो रेलवे स्टेशन का प्लेटफार्म उतना ही गंदा और भरा हुआ था, जितना बम्बई का विक्टोरिया टर्मिनस है। बम्बई का स्टेशन बहुत बड़ा है, ओसलो छोटा था। यहां से नार्वे के हर कोने में रेलें जाती हैं।

स्टेशन पर बेंच पर बैठा मैं अपने नारवेजियन मित्र के आने की राह देख रहा था। दोपहर ही तो उनसे मिला था—ग्रेटे सोलोमन (मिस)। नाम के आखिर में 'मिस' जानबूझकर लगाया है मैंने, क्योंकि उन्होंने इसपर जोर दिया था। 24-25 बरस की कमसिन लड़की, एक बैंक में काम करती है। उनसे परिचय दिल्ली के एक मित्र के परिचय-पत्र द्वारा हुआ था। नार्वे के लोग अन्य देशों की तरह ही मिष्टभाषी और मिलनसार हैं।

ग्रेटे देर से आईं। इस बीच एक मजेदार घटना गुज़र गई। उसी बेंच पर दो-तीन वृद्ध आकर बैठ गए। एक ने मेरी ओर देखकर अपनी भाषा में कुछ कहा, तो मैंने स्पष्ट कह दिया, "मैं केवल अंगरेजी जानता हूं।"

यहां के अधिकांश लोग अंगरेज़ी जानते हैं। उसने दो-चार बातें अंगरेज़ी में की और फिर जेब से व्हिस्की की बोतल निकालकर सीधे 'नीट व्हिस्की' पीनी शुरू कर दी। उसकी हरकत से स्पष्ट था, उसने पहले भी व्हिस्की पी रखी थी। थोड़ी ही देर में वह शराबियों की तरह बड़बड़ाने लगा। बेंच से खड़े होकर वह आने-जाने वालों को छेड़ने लगा। यह दृश्य समूचे यूरोप में मैंने और कहीं नहीं देखा था।

पुलिस के सिपाही प्लेटफार्म पर घूम रहे थे, लेकिन उनके लिए संभवतः यह नई घटना नहीं थी। मैंने उसी बेंच पर बैठे दूसरे वृद्ध से पूछा, "आपके यहां इस तरह शराब पीकर उत्पात करना जुर्म नहीं है?"

उसने सहज ढंग से उत्तर दिया, "यह गंदी बात है। लेकिन बस 5-7 मिनट बचे हैं उसकी गाड़ी जाने के लिए, वह चला जाएगा। उसे यूं शराब नहीं पीनी चाहिए।"

वह किसी लोकल स्टेशन तक जा रहा होगा। सचमुच पांच मिनट बाद ही नितांत डगमगाते पैरों से वह झूमते हुए मेरे पास आया और नारवेनियन भाषा में न जाने क्या कहते हुए मुझसे हाथ मिलाकर रेलगाड़ी की ओर बढ़ गया। मुझे संतोष मिला। मैं सामने के दरवाजे को निरंतर देख रहा था, जहां से ग्रेटे आ सकती थी। समय अभी थोड़ा भी बीता नहीं था कि जिस वृद्ध ने पहले वृद्ध को शराबी कहकर लानतें भेजी थीं, उसने भी अपनी जेब से व्हिस्की की बोतल निकाली और वहीं बैठे-बैठे वह भी 'नीट' पीने लगा। उसकी तरफ देखकर मैं मुसकरा दिया और उस बेंच से मैं उठ बैठा। तभी तेज कदमों से लगभग दौड़ते हुए ग्रेटे आ रही थी।

पता चला, दिन-भर काम करने के बाद ये वृद्ध व्यक्ति थक जाते हैं और अपना अकेलापन काटने के लिए इसी तरह शराब पीते हैं। बुढ़ापा ओसलो में ही नहीं, सारे यूरोप में एक दर्द है। वृद्ध आदमी की ज़िन्दगी उपेक्षित और दयनीय होती है।

कटे हुए पहाड़

ग्रेटे ने दोपहर को ओसलो के फ्यूड्स दिखाए थे। फ्यूड्स समन्दर के कटे हुए किनारे हैं, जहां पानी धरती में कहीं बहुत भीतर तक पहुंच जाता है और कहीं तो उसने पहाड़ों को सीधा काट दिया है। असल फ्यूड्स देखने हैं तो बरगेन जाना चाहिए। कल ही बरगेन से लौटा था। आरकटिक महासागर के किनारे बसा बरगेन प्राकृतिक सौन्दर्य और पहाड़ों के कटाव (जिन्हें फ्यूड्स कहते हैं) के लिए विख्यात है। महासागर के नीले पानी के सहारे सीधे खड़े हुए पहाड़ देखकर लगता है, किसी स्नायुतन्तु के रोगी कलाकार ने छेनी-हथौड़ी से पहाड़ों के किनारे तराशने शुरू किए होंगे और उसके हाथ से प्रत्येक घुमाव के साथ पहाड़ भी हिलता गया होगा। पहाड़ की ऊंचाई से खड़े होकर देखिए, अत्यंत अद्भुत दृश्य दिखेगा।

ओसलो में जो फ्यूड्स देखे थे, बरगेन की तुलना में वे बहुत साधारण हैं। फ्यूड्स देखते हुए ल्यूफूटेन द्वीप और उसके एक हिस्से में बसा स्वालवेर गांव सचमुच खूबसूरत लगा था।

ओसलो 927 वर्ष पुराना शहर है। कहा जाता है, सन् 1048 में हेराल्ड हार्डरॉडे (Harald Hardrode) ने यह शहर बसाया था। धीरे-धीरे इसका विस्तार हुआ और अब लगभग तीस वर्ग मील के घेरे में यह शहर बसा है। नार्वे में सबसे ज़्यादा आबादी ओसलो की है और यही इस देश की राजधानी है। स्वीडन की तरह नार्वे भी सम्पन्न और स्वतंत्र है। राजा की सत्ता यहां भी है, लेकिन जनतंत्र है और संसद तथा अन्य कार्यालय हैं। आश्चर्य यह है कि परम्परा से चली आ रही राजसत्ता में इन दिनों यूरोप और स्केण्डनेवियन देशों में 'रानी' ही है।

खजुराहो को मात देने वाली युगल मूर्तियां

ग्रेटे के साथ ओसलो में जो कुछ देखा, उसमें सबसे महत्त्वपूर्ण विनसेन गार्डन है। बहुत बड़े घेरे में बना यह बाग पत्थर की आदमकद तराशी हुई शिल्प-मूर्तियों के लिए विख्यात है। नग्न पुरुष और नारी-सौन्दर्य को पत्थरों में कटा हुआ देखकर दंग रह जाना पड़ता है। कलाकर ने पुरुष के शारीरिक अंगों और उसके सौंदर्य का विशेष रूप से अंकन किया है। युगल और मिथुन मुद्रा में आदमकद प्रस्तर शिलाएं इस बाग की विशेषता है। बाग के एक ओर ऊंचा 'लिंग-स्तम्भ' है। जिस तरह दिल्ली को कुतुबमीनार के प्रतीक से पहचाना जा सकता है, ओसलो के लिए यह स्तम्भ प्रतीक है। उसीके माध्यम से इस शहर को प्रचारित किया जाता है। पूरे स्तम्भ में गुथे हुए सम्भोगरत जोड़े हैं और लगता है, किसीने गीला कपड़ा निचोड़कर सीधा खड़ा कर दिया है। कई जगह तो खजुराहो को भी मात मिली है। वैसे भी खजराहो में सूक्ष्म कला का परिचय है, यहां सीधे और खले आदमकद पत्थरों में युग्म जोड़े या अकेले आत्ममुद्रारत प्रस्तर शिल्प हैं।

इन्हें बनाने वाले कलाकार की पिछले वर्ष ही मृत्यु हुई है। हम उस कलाकार की लगन और पौरुष-भावना से प्रभावित हुए बिना नहीं रह सके।

ओसलो में एक जहाज़ भी देखा था, जो 300 वर्ष पुराना है और अब एक संग्रहालय के भीतर रखा हुआ है।

ग्रेटे के साथ ट्रायवान टावर से ओसलो शहर का अधिकांश हिस्सा देखा था। 1738 फुट ऊंचे टावर पर बिजली की लिफ्ट से ऊपर तक आसानी से पहुंचा जा सकता है।

बूदा के रास्ते रात हमने ट्रांनढेम में बिताई थी। साढ़े ग्यारह बजे तक यहां सूरज था। यह शहर मुझे ओसलो से ज़्यादा अच्छा लगा। यह सन् 997 में बसा था और वाइकिंग जातियों ने इसे बसाया था। उस समय इस जाति का नेतृत्व राजा ओलेव ट्रेगवासन (Olav Tryggvason) कर रहे थे। ट्रांनढेम स्टेशन के सामने ही एक बड़ी पानी की नहर है, जिसमें जहाज़ भी चलते हैं।

पूरा नार्वे पानी से भरा हुआ है। यह देश सीधा लम्बा बसा है और पूरे रास्ते पानी ही पानी है। सारे शहर और गांव इन्हींके तट पर बसे हैं। रेलगाड़ी पानी के किनारे-किनारे चलती है। पूरा देश लगभग पहाड़ी है और कश्मीर की झलक देता है। पानी और पर्वतों ने नार्वे को खूबसूरत बना दिया है।

हमारी यात्रा उत्तर, और उत्तर की ओर थी। ट्रांनढेम से बूदा और बूदा से कार की चार घंटे की यात्रा। अगस्त का महीना, लेकिन यहां काफी ठंड थी। हम लोग उत्तर ध्रुव की ओर पहुंच रहे थे। बायें हाथ में आरकटिक महासागर में थोड़ी ही दूर आइसलैंड और ग्रीनलैंड जैसे देश हैं।

बूदा से कार में जाते हुए मन ललक से भर उठा था—हम 'मध्यरात्रि के सूर्य' को प्रणाम करने जा रहे थे। यहां उसे 'श्वेत रात्रि' कहते हैं। साढ़े बारह बजे रात को सूरज जैसे किसी झाड़ी में छिप गया। धूप उतर गई थी, लेकिन इतना उजेला था कि पुस्तक पढ़ी जा सकती थी। ठीक एक घंटे बाद सूरज फिर निकल आया। इस बीच सूरज के गोलक की ऊपरी लकीर निरंतर दिखाई देती रही। एक तरफ से डूबा सूरज दूसरी तरफ से अचानक उछलकर ऊपर आ गया। फिर धूप खिल आई और क्रिसेंथीमाम के पीले फूलों की तरह चारों

ओर बिखर गई।

एक घंटे का समय ज़िंदगी का पूरा कतरा है। मैं सोचता रहा हूं कि यदि ज़िंदगी का एक क्षण भी वैसा कट जाए, जैसा हम चाहते हैं तो शायद पूरी ज़िंदगी सार्थक हो जाए। इस 'लेपलैंड' क्षेत्र में सूरज के मंद होने का एक घंटे का समय पूरे मेले-सा भरा हुआ रोमानी माहौल का समय था। यहां घूमने आए जोड़े अपने कपड़े उतारकर उस एक घंटे में नग्न घूमते हैं और सेक्स की सारी हरकतें करते हैं। फिर जब सूरज खिलने लगता है तो 'हो हो' कर वे चिल्लाते-नाचते हुए प्रकाश-पुंज सूर्य का अभिनंदन करते

ओसलो से इतनी लम्बी यात्रा हमने केवल 'मध्यरात्रि का सूर्य' देखने के लिए ही की थी। ग्रेटे ने बताया कि जुलाई में तो सारे दिन-रात सूरज रहता है और एक घंटा भी नहीं छिपता, लेकिन धीरे-धीरे यह समय बढ़ता है और शायद दिसम्बर-जनवरी में वहां इसका उलटा होता है, यानी एक घंटे का दिन मिल पाता है। बाकी अंधेरा और अंधेरा।

यहां के निवासी इन सब स्थितियों के अभ्यस्त हैं और घरों के परदे बंद कर दिन या रात होने की कल्पना कर लेते हैं।

समुद्र के बीच एक टापू की तरह घिरा हुआ डेनमार्क छोटा देश होते हुए भी अपने ढंग का अकेला है। यहां मुझे एक भारतीय मित्र मिले थे—अजय महालम्बिश, जो अपने को 'जॉयटिप' कहलाना ज़्यादा पसंद करते हैं। अब उन्होंने डेनिश नागरिकता स्वीकार कर ली है। वे स्वीडिश टेलीविज़न के लिए फिल्में बनाते हैं। अभी तक अविवाहित हैं और ज़िंदगी मज़े के साथ लूट रहे हैं।

सेक्स शॉप और लाइफ शोज़

डेनमार्क जहां पनीर, मक्खन तथा पानी के जहाज़ों के लिए जाना जाता है, वहां समूचे यूरोप में 'सेक्स' का सबसे बड़ा आकर्षण है। स्वीडन को वैसे ही बदनाम किया जाता है। यहां यूरोप के अन्य देशों की तरह ही 'सेक्स' खुला है, अथवा कुछ स्थानों पर 'ग्रुप लिविंग' जैसी कल्पना उन्होंने की है। वहां

के 'नाइट क्लब' भी सांस्कृतिक सीमाओं में बंधे हैं। कोपेनहेगन में हमने जो 'नाइट शो' देखा, यूरोप में कहीं नहीं था। सिनेमाघरों की तरह ऐसे क्लब यहां ढेर से हैं। रेलवे स्टेशन के दूसरी ओर ही डेनमार्क का सबसे बड़ा सेक्स-बाज़ार है, जहां सेक्स शॉप हैं, इठलाती हुई किशोरियां हैं और फिर क्लब हैं। क्लबों में पहले डेढ़ घंटा तो 'ब्लू फिल्में दिखाई जाती हैं, फिर 'लिविंग एक्शन' शुरू होता है। उस दिन चार लड़के और चार लड़कियां निर्वसन यह प्रदर्शन कर रहे थे। मोमबत्तियों की हरकतें और फिर स्टेज पर खुला काम-प्रदर्शन, उसकी मुद्राओं सहित। पीछे से प्रभावकारी संगीत निरंतर चलता रहता है। उसके बाद आश्चर्य में डालने वाला क्षण था—जब लड़के तो भीतर चले गए, किशोरियों ने हॉल में चक्कर काटकर दर्शकों का मनोरंजन किया और फिर स्टेज पर आकर घोषणा की, 'दर्शकों में से कोई काम-क्रिया में रुचि रखता हो तो आ सकता है।' और भी आश्चर्य तब हुआ जब एक सज्जन उचक कर वहां पहुंच गए और फिर वे हंसी तथा मनोरंजन के पात्र बने।

डेनमार्क में अन्य देशों की तरह ही नैतिक मान्यताएं भिन्न हैं। कोपेनहेगन वहां की राजधानी है। डेनमार्क कई द्वीपों में अलग-अलग बसा है। कोपेनहेगेन मुख्य द्वीप पर है। यह शहर पुराना है। इमारतें बम्बई की तरह पुरानी और काली परत से जमी हुई।

समुद्र के एक कोने में हमने मरमेड देखी। पत्थर की यह मूर्ति विश्वविख्यात है, लेकिन जितनी यह विख्यात है, उतनी ही उपेक्षित है। एक कोने में समुद्र में एक पत्थर के ऊपर बनी मरमेड चित्रों में जितनी आकर्षक लगती है, उतनी है नहीं। इसके साथ कई कहानियां जुड़ी हैं और एंडरसन ने तो इसे अमर कर दिया। किसी युवक राजकुमार की प्रतीक्षा में वह पत्थर बन गई और वैसे ही खिन्न मुद्रा में आज भी प्रतीक्षारत है।

कोपेनहेगन कभी स्लाव जाति का अड्डा रहा है। 'कोपेन' का अर्थ है व्यापारी और 'हेगन' का अर्थ है 'हारबर' या बंदरगाह। इसीको मिलाकर कोपेनहेगन बना। बिशप ओपलर ने यह शहर बसाया था। उसका समय सन् 1128 से 1201 माना जाता है। पुराने कोपेनहेगन में बिशप की प्रस्तर-प्रतिमा है। एक लोककथा भी पूरे डेनमार्क को लेकर प्रचलित है। कहते हैं,

'जिफरन' देवता ने यह द्वीप बसाया था। जिफरन के हाथ में कोड़ा है और वह तीन बैलों पर सवार है। बैलों के आक्रोशभरे नथनों से पानी के फव्वारे बहते हैं। जिफरन की इस कथा को पत्थरों के द्वारा पूरे बड़े आदमकद आकार में प्रदर्शित किया गया है।

वैसे भी डेनमार्क राजा-महाराजों की प्रेम-लीलाओं और लोककथाओं से भरा हुआ देश है। हैंस क्रिश्चियन एंडरसन जैसे महान लोक-कथाकार को इसी देश ने जन्म दिया है। इसकी साहित्यिक सम्पदा आज भी समृद्ध है।

रेलवे स्टेशन के एक ओर सेक्स का बाज़ार है तो दूसरी ओर 'टिवोली' है। 'जॉय-टिप' के साथ टिवोली में एक शाम गुज़ारना नया अनुभव था। बहुत बड़े घेरे में टिवोली बना है। उसके भीतर बहुत बड़ी नहर है, एक चीनी रेस्तरां है और अद्भुत प्रकाश से सारा टिवोली सजा-धजा नज़र आता है। बच्चों के लिए मोटरें और रेलें हैं। जुआघर और पब हैं। वहीं कसीनो है और एक स्थान का तो नाम ही है 'लवर्स कॉर्नर'। जगह-जगह नंगी तसवीरें और प्रेमरत युगल जोड़े टिवोली में कहीं भी देखे जा सकते हैं। वास्तव में टिवोली मनोरंजन का बहुत अच्छा केन्द्र है और हर तरह के लोगों की आवश्यकताएं तथा रुचियां वहां पूरी हो सकती हैं।

गायें—खाने के लिए

गाय को लेकर पूरे यूरोप में एक अलग धारणा है। उसकी चर्चा हम आगे करेंगे। कोपेनहेगन में हम एक ऐसे पशु-चिकित्सालय में गए थे, जहां गाय बछड़े को जन्म देती है। जन्म देते समय उसे लकड़ी के दो घेरों के बीच लाकर खड़ा कर दिया जाता है। पीछे एक ट्राली रहती है। गाय ने जैसे ही इस ट्राली में बच्चे को जन्म दिया, ट्राली खींचकर ले जाई जाती है। वहीं भीतर बच्चा पानी और अन्य चीज़ों से साफ किया जाता है। गाय अपने बछड़े को देख भी नहीं पाती।

मैंने पूछा, "ऐसा क्यों करते हैं आप लोग?" मुझे बताया गया कि यदि गाय बछड़े को देख लेगी तो फिर दूध देने में गड़बड़ करेगी। जन्म के बाद जिस बछड़े को दूध वाली गाय के लिए तैयार किया जाता है, उसे प्रोटीन दी जाती है और जिसे गोश्त के लिए रखना होता है, उसे 'फेंट'

नामक भोजन देते हैं। गायें घर से दूर जंगलों में एक घेरा बनाकर खुले घास के लॉनों में रखी जाती हैं। उनके साथ सूअर और अन्य जानवरों की तरह ही व्यवहार होता है। सफेद-काले धब्बे वाली गायें विशेष रूप से गोश्त के काम आती हैं। गायों के प्रति भारतीय सद्भावना और प्यार इस दुनिया में कहीं नहीं है। यदि कोई गाय दूध कम देने लगे तो उसे कसाईघर में भेज दिया जाता है।

चौंका देने वाली पत्रिकाएं

डेनमार्क से लौटते हुए एक रात हमने हेमबुर्ग में व्यतीत की। हेमबुर्ग उत्तरी जर्मनी का सबसे बड़ा नगर है और समुद्र में यात्रा करने वाले नाविकों तथा दिलफेंक उत्साही युवकों के लिए विशेष आकर्षण का केन्द्र है। इतना बड़ा वेश्यावृत्ति का केन्द्र सारे यूरोप में दूसरा नहीं है। जैसे ही दिन झपकी लेता है, हेमबुर्ग शहर अचानक जगमगा उठता है और वहां की सड़कें एक ही ओर खिसकने लगती हैं। बम्बई के फारस रोड से लेकर हालैंड (अमस्टर्डम्) की 'विंडोशापिंग' तक की सारी सीमाएं यहां बिखरी पड़ी हैं। इठलाती लड़कियां यदि खुले आम सड़कों पर घूमकर अपने शिकार पटाती हैं, तो कल्चर्ड ढंग से कांच के उस पार शो-रूम गर्ल्स बनकर भी वे अपना शरीर बेचती हैं। खासी भीड़ यहां हो जाती है और आधी रात के बाद तक चहल-पहल बनी रहती है। इस माहौल में गुण्डागिरी का आलम भी है और अनजाने यात्रियों को लूटने की प्रवृत्ति भी।

वैसे हेमबुर्ग बहुत बड़ा औद्योगिक नगर है। बड़े-बड़े छापेखाने यहां हैं। यहीं से 'स्टर्न' नाम की एक बड़ी पत्रिका निकलती है। उसके ताज़ा अंक में श्रीमती इंदिरा गांधी को लेकर बहुत लम्बा फीचर प्रकाशित किया गया था। उसमें बताया गया था कि भारत पाकिस्तान पर हमला करने वाला है। इसके पहले भारत-पाकिस्तान के बीच हुए युद्धों के मानचित्र भी थे। श्रीमती गांधी के ऊपर प्रकाशित यह सचित्र लेख उनके विरोध में अधिक था और प्रतिध्वनि यही थी कि युद्ध करने के लिए ही भारत ने अपने देश में आपात् स्थिति की घोषणा की है। इसी बात को लेकर मेरा विवाद आगे कई जगह हुआ था।

वास्तव में रोमांचक और चौंका देने वाली घटनाओं से वहां के समाचारपत्र और पत्रिकाएं भरे होते हैं। 'स्टर्न' का प्रसार तीन लाख से भी अधिक है। हेमबुर्ग से और भी कई समाचारपत्र निकलते हैं। सभी जर्मनी में प्रकाशित होते हैं। समूचे यूरोप में अंगरेज़ी में कोई अखबार नहीं निकलता।

भाषा की कठिनाई से भटकन

किसी तरह बाम होल्डर पहुंचा, लेकिन इस बार मेरे आक्रोश का ठिकाना नहीं था। भाषा की कठिनाई के कारण गलत रेल पर चढ़ गया। जब रेलगाड़ी राइन नदी के किनारे निरंतर चलती ही गई तो लगा, किसी अजनबी जगह की ओर मैं भागा जा रहा हूं। एक स्टेशन पर मैं उतर गया। रेलवे के अधिकारी टूटी-फूटी अंगरेज़ी समझते थे, लेकिन समझाते सब जर्मन में थे। समूची रेल में मैं अकेला भारतीय था। किसी तरह मुझे पता चला कि इदा ओबरस्टाइन पहुंचने के लिए मुझे तीन बार रेल बदलनी होगी। उस समय पानी बरस रहा था। तेज़ बरसते पानी में स्वयं सामान लेकर एक से दूसरे प्लेटफार्म पर जाना और फिर रेलगाड़ी की प्रतीक्षा करना—उस दिन मैंने कसम खाई थी कि यदि दोबारा मैं जर्मनी आया तो बिना थोड़ी-बहुत भाषा सीखे कदापि नहीं आऊंगा।

बरसते पानी में निर्धारित समय से ठीक दो घंटे लेट मैं इदा ओबरस्टाइन पहुंचा। मेरे अतिथि जर्मन मित्र कई रेलों को देखने और प्रतीक्षा करने के बाद वापस चले गए थे। किसी तरह एक टैक्सी मिली और मैं बाम होल्डर पहुंच गया। वहां मेरे मित्र मज़े में बैठे प्रतीक्षा कर रहे थे।

पहंचते ही पता चला, उस शहर के एक और मित्र मिस्टर हेटमेन ने, जिनसे पिछली बार पहचान हुई थी, रात के भोजन के लिए हमें आमंत्रित किया है। हेटमेन के यहां शाम गुज़ारकर मन हलका हो गया। उनकी पत्नी मज़ेदार महिला थीं और मेहमाननवाजी में उन्होंने भारत को भी पीछे छोड़ दिया था। उनके पति अत्यंत सहृदय व्यक्ति थे और भारत के बारे में बहुत कुछ जानना चाहते थे। इनका युवा लड़का अपनी पत्नी को रह-रहकर हम सबके सामने 'किस' कर अपना प्रेम प्रदर्शित कर रहा था।

वहां के लिए यह सब आम बात थी और मैं भी धीरे-धीरे इन हलके रोमानी प्रदर्शनों का अभ्यस्त हो चुका था।

काम! काम! बस काम!

रात, अकेली रात—होटल बर्गीशाप होफ का शानदार कमरा—लेकिन सब काटता हुआ-सा लग रहा है। इतने दिनों बाद अकेलेपन का एहसास पहली बार हुआ। रूडोल्फ और उनकी पत्नी अपनी कार में यहां तक छोड़ गए हैं। यह पश्चिमी जर्मनी की राजधानी है—बोन।

शहर के बीच बर्गीशाप होफ होटल है। इसके बाद हमारी यात्रा का दूसरा चरण आरम्भ हो रहा था—'पश्चिमी जर्मनी में प्रदूषण की समस्या और समाधान।' यहां पहुंचते ही होटल में सारा कार्यक्रम तैयार मिल गया था, लेकिन रूडोल्फ को छोड़ते हुए दर्द महसूस हो रहा था। अब अगले तीन सप्ताहों की यात्रा मुझे आत्मनिर्भर होकर पूरी करनी होगी।

उस रात अजनबीपन और अकेलेपन की यंत्रणा से त्रस्त हो मैंने अपने भारतीय मित्रों को कुछ 'प्रेम-पत्र' लिखे। उसके बाद भी नींद नहीं आई और...!

सुबह मैं अकेला नहीं था।

तीन अन्य देशों के प्रतिनिधि भी बर्गीशाप होफ में आ चुके थे। जार्जिया (अमेरिका) के डा० लेडबेटर, पेरिस से संयुक्त राष्ट्रसंघ के प्रतिनिधि डा० विलियम स्ट्रेप और आइसलैंड के दैनिक पत्र 'मारगेन ब्लैंडेट' की प्रतिनिधि एलेन पालमाडोटियर।

हम चारों पश्चिमी जर्मनी के अतिथि विभाग 'इंटर नेशोन्स' के आमंत्रण पर बोन पहुंचे थे। यहां पहुंचते ही हमारे युवा गाइड ने स्वागत किया था। वह दिन एक-दूसरे के परिचय और कृषि मंत्रालय, आंतरिक मामलों के विभाग और यातायात विभाग के प्रमुख व्यक्तियों से मिलने में व्यतीत हुआ। इनसे मिलकर पता चला कि द्वितीय महायुद्ध के बाद पश्चिमी जर्मनी का औद्योगीकरण और विकास समूचे यूरोप में सबसे अधिक तीव्रगति से तो हो गया, लेकिन अब यह 'हाइली इण्डस्ट्रलाइज़्ड' देश प्रदूषण की समस्या से आक्रांत हो उठा है।

यहां की सबसे बड़ी नदी है राइन। राइन में बड़े-बड़े जहाज़ चलते हैं और देश का अधिकांश व्यापार उसीके द्वारा होता है, लेकिन राइन के किनारे इतने अधिक और इतने विशाल कारखाने बन गए हैं कि उनसे निकले हुए गंदे पानी ने सारी राइन नदी को एक भारी गंदे नाले के रूप में बदल दिया है। राइन में मछलियां नहीं हैं और बोन की सरकार का सबसे बड़ा सिरदर्द यही है कि किसी तरह राइन नदी का पानी साफ हो जाए। उसके लिए वहां एक अंतर्राष्ट्रीय राइन कमीशन बनाया गया है। राइन नदी का दुर्भाग्य यह है कि वह यूरोप के कई देशों से गुज़रती है और जब तक सभी देश एकसाथ मिलकर सहयोग न करें, एक अकेला देश राइन का उद्धार नहीं कर सकता। जर्मनी की सरकार ने आस्ट्रेलिया, स्विट्ज़रलैंड, फ्रांस और दूसरे सम्बद्ध देशों के साथ मिलकर योजनाएं बनाई हैं और उन्हें विश्वास है कि सन् 1980 तक पचास प्रतिशत सफलता मिल जाएगी।

फेडरल जर्मनी के अधिकारियों से बातचीत कर अनेक समस्याओं की जानकारी मिली। उन्होंने सारी बातचीत जर्मन भाषा में की और एक दुभाषिये के ज़रिये अंगरेज़ी में वह हमारे पास तक पहुंची। जर्मन अधिकारी संयत और शिष्ट थे। बेकार की बातें उन्होंने नहीं की। अपने विभाग से संबंधित विषयों की सारी जानकारी देने के बाद हमारे प्रश्नों के उत्तर उन्होंने दिए और हमें मुक्त कर दिया। इसके बाद तीन सप्ताह की यात्रा में किसी अधिकारी ने व्यर्थ समय खराब नहीं किया। पूरा कार्यक्रम पहले ही तैयार कर दिया गया था। जहां-जहां जाना था, वहां के विमानटिकट तैयार थे। हर जगह होटल बुक थे, गाइड का प्रबंध था, और जहां भी हम जाते थे, हमारे जाने के पहले हमारा सारा 'जीवन चरित्र' उनके पास पहुंचा दिया गया होता था।

पश्चिमी जर्मनी के सरकारी कार्यालय वास्तव में गोटेसबर्ग में हैं। जर्मनी के विभाजन के बाद बोन को नई राजधानी बनाया गया है और इस शहर का इतना विस्तार हुआ कि इससे लगे हुए शहर को भी इसीमें जोड़ दिया गया है, इसलिए बोन और गोटेसबर्ग में कोई दूरी नहीं है—दोनों दिल्ली और नई दिल्ली की तरह हैं। इस शहर को ये बोन्सबादगोटेसबर्ग नाम से पुकारते हैं।

जंगल और किले खरीदिए

पश्चिमी जर्मनी को 'बुंदिश रिपब्लिक' या 'बंदिश लैंड' कहा जाता है। 'बंदिश' का अर्थ है—सरकार या सत्ता। समूचा पश्चिमी जर्मनी ग्यारह राज्यों में बंटा है। इन सब राज्यों का अपना प्रशासन है और भारत की तरह वहां भी मुख्यमंत्री जैसा पद होता है। केन्द्रीय सत्ता 'फेडरल रिपब्लिक' है और मुख्य-मुख्य विषय उसीके अधीन हैं। इसके बावजूद राज्यों को भारत से ज़्यादा अधिकार प्राप्त हैं। सरकार का नियंत्रण कई क्षेत्रों में कम से कम है। यहां तक कि निजी उद्योगों और निजी क्षेत्रों का प्रभुत्व सबसे अधिक है। पब्लिक एंटरप्राइज़ अथवा सार्वजनिक क्षेत्र का दखल बहुत कम है।

वहां के नागरिक बड़े-बड़े जंगलों के मालिक हैं। उन जंगलों में हिरन बहुतायत से मिलते हैं और यदि ये हिरन किसीका खेत चर जाएं तो उस जंगल के मालिक को हरजाना देना होता है। पुराने किले और प्राचीन ऐतिहासिक इमारतें भी निजी व्यक्तियों ने खरीद ली हैं। उनपर प्रतिबंध इतना ही है कि वे उसकी प्राचीनता को नष्ट नहीं कर सकते। उसके भीतर वे अपने मन का बाग या इमारत बनाने में स्वतंत्र हैं। समझने के लिए कल्पना की जा सकती है कि दिल्ली का लालकिला यदि जर्मनी में होता तो वह सरकारी सम्पत्ति न होकर किसी एक व्यक्ति की सम्पत्ति होता। जर्मनी के बड़े-बड़े कारखाने, विमान और जहाज-सेवाएं, रेडियो और टेलीविज़न सभी कुछ सरकारी नियंत्रण के बाहर हैं। यहां तक कि कई ऐसे बड़े शहर हैं, जो निजी व्यवसायी कम्पनियों ने विकसित किए और बनाए हैं। वहां की कोयले की खदानें और खदान-मालिकों के बनाए बड़े-बड़े जंगल, सब निजी व्यक्तियों की सम्पत्ति हैं। सरकारी दखल कम होने से वहां के राजनेताओं को जनता पर हावी होते नहीं देखा।

एक दिन मैंने पूछा था, 'आप लोग राजनीति के बारे में बातें नहीं करते?"

मुझे उत्तर मिला था, "उसके लिए हमारे यहां प्रोफेशनल्स हैं।" यानी जो राजनीति में हैं या जाना चाहते हैं, वही उसकी बातें करते हैं। मंत्रियों से

मिलने के लिए जनता कतई व्यग्र नहीं है। वैसे भी वहां मंत्रियों से मिलना आसान नहीं है। हमारे यहां प्रधानमंत्री से भी आसानी के साथ भेंट की जा सकती है।

वास्तव में जर्मनी की जनता अपनी सत्ता के प्रति नितांत उदासीन है—सम्भवतः इसलिए कि कोई भी व्यक्ति प्रधानमंत्री बने, जन-अधिकारों में परिवर्तन नहीं होगा। वहां की जनता अपने अधिकारों को समझती है और नियम तथा कानूनों के भीतर जो कुछ पाने का अधिकार जनता को है, सरकार को वह देना पड़ता है। लाइसेंस जैसा अजीब-सा तरीका जो हमारे देश में है, वहां नहीं है। किसी तरह की रिश्वतखोरी नहीं है और न प्रशासन में 'लाल फीताशाहो' है। जनता के जीवनयापन का एक स्तर निर्धारित कर दिया गया है और उसे बनाए रखना शासन का काम है। नाकारा, बेरोज़गार लोगों को इस स्तर का मासिक खर्च दिया जाता है और नौकरी चाहने वालों को योग्यतानुसार मनचाही नौकरियां दी जाती हैं। वृद्धावस्था के लिए अलग प्रबंध होता है। स्वास्थ्य और शिक्षा के लिए कोई फीस नहीं ली जाती। इनकी सारी सुविधाएं निःशुल्क हैं। लेकिन इनकमटैक्स (आयकर) बहुत अधिक लिया जाता है। एक विश्वास और सुविधा ज़रूर है—सरकार और सत्ता एक-दूसरे को धोखा नहीं देते और टैक्स या तो 'सोर्स' में ही काट लिया जाता है अथवा कारखानों के मालिक सही आमदनी के अनुसार पूरा टैक्स सरकार को देते हैं। 'काला धन' शब्द वहां नहीं है, ठीक उसी तरह, जैसे 'मिलावट' और 'धोखा' जैसी चीज़ें सपना हैं। छोटे-छोटे अपराध प्रायः वहां होते ही नहीं। लोग अपराध भी करते हैं तो बहुत बड़े-बड़े बैंकों में डाका या बहुत बड़े स्तर पर धोखा।

जनता का जीवन आत्म-नियंत्रित है और कहीं छेड़छाड़ अथवा 'रेप' जैसी घटनाएं सुनने को नहीं मिलती। अपवाद होते हैं, लेकिन ऐसे मामलों के लिए वहां बहुत कड़ी सज़ा दी जाती है।

बोन जर्मनी के अन्य शहरों की तुलना में काफी छोटा है, लेकिन और शहरों से अलग भी है। साढ़े छः बजे के बाद सारा बाज़ार जब बंद हो जाता

है तो फुटपाथ और दुकानों के शो-केसों के बाहर की जगह चहल-पहल से भर उठती है। शाम को छः बजे जर्मनी के लोग शाम का भोजन समाप्त कर लेते हैं और फिर उसके बाद आधी रात तक 'वाइन' या 'बीयर' पीते नज़र आते हैं। पबों और कहवाघरों में खासी चहल-पहल होती है। सिनेमा के शौकीन बहुत कम लोग हैं, अधिकांश लोग नाटकघरों में नाटक देखते हैं। कैबरे शो अथवा स्ट्रिपटीज़ इत्यादि जैसी अधिक जीवन्त और मांसल चीज़ें देखना वे पसंद करते हैं।

एक नई ज़िंदगी की तलाश

25 अगस्त की रात थी वह!

होफ में चाइनीज़ रेस्तरां के किनारे दो फ्रांसीसी गिटार बजाकर पैसे एकत्रित कर रहे थे। इसीके आगे कुफ होफ (यानी बहुत बड़ा डिपार्टमेण्टल स्टोर) के सामने तीन इतालवी युवक, जिनमें एक खूबसूरत लड़की भी थी, बांसुरी, ढोल, गिटार और बैंड बजाकर अपने सामने भारी भीड़ एकत्रित किए हुए थे। इन्हींके सामने एक दूसरा घुमक्कड़ दल नाच-गा रहा था। सामने की ऊंची इमारत से अमेरिकी जाज़ संगीत के स्वर जब अत्यंत तीव्र हो उठे तो इन सबने मिलकर चिल्लाना शुरू कर दिया।

इतालवी लड़की ऐलेन को हम अपने साथ खाना खिलाने मुनस्टरफ्लाज के एक रेस्तरां में ले गए। ऐलेन बहुत बातूनी थी। उसने सब कुछ पूछ लिया। पता चला, वे सब कालेज के विद्यार्थी हैं और अक्सर इसी तरह यूरोप के देशों में घूमने निकल जाते हैं। रात को मनोरंजन कर कुछ पैसे कमा लेते हैं और फुटपाथों पर सो जाते हैं। वे गरीब नहीं हैं, बल्कि आलीशान इमारतों और एक बंधी हुई सुखद ज़िंदगी से ऊब उठे हैं। अपनी उबास और थकान मिटाने के लिए वे एक नई ज़िंदगी की तलाश में निकल पड़ते हैं।

'फुटपाथों पर एक-दूसरे से लिपटकर सोने का अपना मज़ा है,' उसने फ्रांस की रेड वाइन पीते हुए जवाब दिया था। इटली की तुलना में जर्मनी आगे बढ़ा हुआ है। वह रेस्तरां वास्तव में पहले 'पब' रहा होगा। उस लड़की ने बताया, 'जब यह पब था तो हूं-हूं कर चिल्लाने में यहां मज़ा आता था।'

रेस्तरां की लड़की (वहां के सारे होटल लड़कियां चलाती हैं) जब हमारे पास आई तो उस इतालवी लड़की ने उसे पहचान लिया था। दोनों ने जर्मन में बातें कीं और फिर इतालवी लड़की ने हमें बताया कि एक बार वह भी उसके साथ न्यूरेमबर्ग गई थी। वहां से लौटकर उसने इस रेस्तरां में नौकरी कर ली है। थोड़े दिन काम कर वह पैसे इकट्ठा कर लेगी और एक दिन किसी दल के साथ फिर इटली, स्पेन या पुर्तगाल घूमने के लिए निकल जाएगी।

बोन से पश्चिमी जर्मनी के औद्योगिक विकास को देखने के लिए हमारी महायात्रा का अगला चरण शुरू होता है। बोन राजधानी है, इसलिए कई अधिकारियों और अफसरों से बातें हुईं। अधिकारी थे मिनिस्ट्री ऑफ इंटीरियर और मिनिस्ट्री ऑफ प्रोटेक्शन ऑफ नेचर एण्ड लैंडस्केप के। आश्चर्य यह है कि इन दोनों मंत्रालयों में जितने अफसर मिले, सबने जर्मन भाषा में बातें कीं। यहां तक कि मंत्रालय के सर्वोच्च अधिकारी, वहां के सचिव ने भी जर्मन में ही बातें की। माध्यम थे दुभाषिये। यह देखकर मुझे प्रसन्नता हई—भाषा के बिना राष्ट्रीयता पनप नहीं सकती। जर्मनी का प्रत्येक नागरिक अपने देश पर गर्व करता है।

आदमी और मशीनों के बीच संघर्ष

जर्मनी सम्भवतः दुनिया के सबसे अधिक औद्योगिक रूप से विकसित देशों में है। कई बातों में तो वह अमेरिका से भी आगे बढ़ गया है। बड़ीबड़ी मशीनें और फिर उन बड़ी मशीनों को बनाने के लिए और बड़ी मशीनें। इनके कारखाने। मीलों के घेरे में गूंजती गड़गड़ाहट। चिमनियों का धुआं। कारखानों की बहती हुई गंदगी।... लेकिन चारों ओर हरियाली, बड़े-बड़े घास के खुले मैदान और वृक्षों की श्रृंखलाएं। सारे जर्मनी का नक्शा यही है।

विकसित होकर अत्यधिक सम्पन्न हुआ यह देश अब प्रदूषण की समस्या से जूझ रहा है। यहां की सरकार करोड़ों की धनराशि केवल प्रदूषण को रोकने के लिए खर्च कर रही है। इसके बावजूद अभी तक उन्हें सफलता नहीं मिली।

समूची जर्मनी में लगभग एक लाख औद्योगिक संस्थान हैं। इन सबका गंदा पानी वहां की नदियों में जाता है और वायुमंडल धुएं तथा और अन्य तरह से दूषित होता है। वायुमंडल को साफ रखने में किसी तरह वे सफलता पा रहे हैं, परन्तु गंदे पानी से नदियों को अब भी साफ नहीं रखा जा सका। इतनी बड़ी नदी राइन, जो जर्मननिवासियों का जीवन है, एकदम दूषित है। उसमें मछलियां नहीं हैं। पानी का उपयोग केवल जहाज़ों के चलाने और व्यापार करने के लिए होता है।

डुसोलड्रोफ के पास तो पूरी राइन नदी को मोड़कर एक कारखाने में ले जाया गया है, ताकि उसका पानी साफ हो जाए। यह आधुनिक टेक्नॉलॉजी का बेजोड़ मिसाल है। यह कहा जा सकता है कि आदमी और मशीनों के बीच वहां निरंतर संघर्ष चल रहा है। उदाहरण के लिए डुसोलड्रोफ और बर्लिन के दो बड़े कारखाने देखे जा सकते हैं, जो केवल कूड़ा-करकट जलाने और गंदगी को रोकने के लिए संघर्षरत हैं। इन कारखानों में उत्पादन कुछ खास नहीं होता, सारा खर्च हवा, पानी और वायुमंडल को स्वच्छ रखने के लिए किया जा रहा है। डुसोलड्रोफ उत्तरी राइन क्षेत्र की राजधानी है। सन् 1960 में कचड़ा जलाने वाला कारखाना बनाया गया था। इसके छः विभिन्न विभाग हैं, जिनमें प्रतिवर्ष 236 हज़ार टन कचड़ा जलाया जा सकता है। इसी तरह गंदे पानी के कचड़े को जलाने के लिए बर्लिन में सम्भवतः दुनिया का सबसे आधुनिक कारखाना है। यहां छः लाख टन गारबेज साल में गलाया जाता है। कारखाने में आठ बॉयलर हैं। दुसरे महायुद्ध के समय रूसियों ने यह कारखाना उजाड़ दिया था। अब उसकी स्थिति भिन्न है। गंदे पानी का एक हिस्सा पूर्वी बर्लिन की सीमा में छोड़ा जाता है।

हमने पूछा, "पूर्वी बर्लिन के लोग आपत्ति नहीं करते?" हमें उत्तर मिला था कि इसके लिए पश्चिमी जर्मनी की सरकार पूर्वी जर्मनी को टैक्स देती है और चूंकि उन्हें 'हार्ड करेंसी' की ज़रूरत है, वे गंदा पानी अपने देश में आने देते हैं।

बर्लिन के इस कारखाने से लगी हुई वह दीवार है, जो पूर्व और पश्चिम को अलग करती है। बर्लिन को कारखाने के ऊपर से खड़े होकर आसानी से देखा जा सकता है।

आधुनिक औद्योगीकरण का कमाल यह है कि डुसोलड्रोफ और बर्लिन—दोनों के कारखानों में ज़रा-भी दुर्गन्ध नहीं है, जबकि यहां का काम ही शहर के कचड़े और मल-मूत्र को नष्ट करना है। कारखाने साफसुथरे हैं और कम्प्यूटर तथा मशीनों से सारा काम होता है। कम से कम आदमी इनमें लगे हैं। बर्लिन का प्लांट तो सम्भवतः दुनिया का सबसे साफ और अच्छा प्लांट है।

एक कम्पनी ने एक शहर बसाया

जर्मनी आधुनिकतम देश है, इसलिए वहां का सारा काम योजनाबद्ध ढंग से किया गया है। एसेन जाते हुए क्लोन में हमने कोयले की खदानें देखीं। क्लोन ऐतिहासिक शहर है। यहां एक विशालकाय चर्च है। यूडीक्लोन सबसे पहले क्लोन में बनाया गया था, इसलिए इसी नगर के नाम से अब यूडीक्लोन दुनिया भर में जाना जाता है।

कोयला सपाट ढंग से खोदकर यहां निकाला जाता है। एक विशेष बात जो हमने देखी, वह यह थी कि एक ओर तो मशीनें ज़मीन से कोयला निकालती हैं, दूसरी ओर यह गड्ढा भर दिया जाता है। इस तरह कोयले की खदान आगे लम्बी बढ़ती जाती है, लेकिन पीछे गड्ढे और खाइयां नहीं रह जाते। यहीं पर हमने एक पहाड़ी भी देखी, जो खदान से कोयला निकालने के बाद बनाई गई है। उसमें तरह-तरह के वृक्ष उगाए जा रहे हैं। अनुमान है कि अगले 5-7 वर्षों में वह पहाड़ी मज़बूत पर्वत बन जाएगी और सुखद हरियाली से आच्छादित होगी। तब वहां कोई शहर बस जाएगा। इस तरह ज़मीन पाटने और शहर बनाने का काम प्राइवेट कम्पनियां ही करती हैं।

ब्राउन कोल माइन क्षेत्र के पास हमें वुलफेन नामक शहर देखने को मिला। पहले यह तीन हज़ार निवासियों का एक छोटा-सा गांव था। अब यहां लगभग नौ हज़ार परिवार रहते हैं। रुआ से यहां पानी लाया गया है। पूरा शहर योजनाबद्ध है—सेक्टरों में मकान बंटे है। बीच में पार्क और साइकल के लिए रास्ते हैं। वुलफेन जर्मनी में अपने ढंग का निराला नया शहर है, जो एक निजी

कम्पनी ने कारपोरेशन बनाकर तैयार किया है।

इस नये शहर को प्रदूषण से बचाने के सारे प्रयत्न किए गए हैं। स्कूल और अस्पतालों की सुविधाएं हैं। शहर की (वे लोग इसे विलेज या गांव कहते हैं) व्यवस्था के लिए उनकी अपनी संसद है। उसमें 19 सदस्य हैं। यही लोग मिलकर योजनाएं बनाते और काम करते हैं। केन्द्रीय सरकार का कोई नियंत्रण उनपर नहीं है।

वुलफेन में एक मज़ेदार जगह जो हमने देखी, वह थी 'फ्लाइंग क्लासरूम' यानी उड़ते हुए स्कूल। एक स्कूल कुछ समय तक एक कोने चलता है। उसके बाद वह किसी और कोने चला जाता है। वही विद्यार्थी वहां जाने लगते हैं। इसके पीछे योजना यह है कि केवल एक स्थान के विद्यार्थियों को ही लगातार दूर न जाना पड़े। उन्होंने यह दूरी सबके लिए बांट दी है। अगले आठ-दस वर्षों में वुलफेन निस्संदेह एक बड़ा शहर बनकर रहेगा।

यहां की कोयला खदानों में हमारे यहां की तरह पानी भर जाने और मज़दूरों के मर जाने जैसी समस्या नहीं है। इसके दो कारण हैं—एक तो खुदाई बहुत गहरी नहीं होती और दूसरे, पानी निकालने वाली मशीनें बहुत शक्तिशाली हैं। यहां का कोयला बहुत कीमती है, क्योंकि वह बहुत अच्छी 'क्वालिटी' का है।

निर्माण के लिए विध्वंस

जर्मनी के विख्यात लेखक गुंटेर ग्रास ने लिखा है : 'निर्माण करने के लिए विध्वंस ज़रूरी है।'

वास्तव में यदि दूसरे महायुद्ध की विभीषिका देखनी है तो बर्लिन से बेहतर उदाहरण नहीं है। जिस दिन हम बर्लिन पहुंचे, शनिवार था। सारे शहर में धूम और भीड़ थी। ऐसी भीड़ यूरोप के शहरों में कम ही देखने को मिलती है। बर्लिन के चौक पर पुराने गिरजाघर के सामने कुछ लोग खासा तमाशा दिखा रहे थे। 'यूरोप सेंटर' की सबसे ऊंचाई में लगे मरसीडीज़ के चिह्न के पास ही एक तार बांध दिया गया था और तार का दूसरा छोर दूर एक दूसरी इमारत में था। इस तार पर मोटरसाइकल चलाना और दो लड़कियों

का अपने दांतों से तार पकड़कर फिसलना, ऐसा अजूबा तमाशा था, जिसे देखने हज़ारों की भीड़ जमा थी। पता चला, ये लोग कई दिनों से यह तमाशा दिखा रहे हैं।

बर्लिन एक जीवंत शहर है। रात डेढ़-दो बजे तक यहां चहल-पहल रहती है। पब और नाइट लाइफ के सारे साधन यहां उपलब्ध हैं। आवारा घूमती लड़कियों से लेकर व्यवस्थित बाज़ार और अतीत की यादें सभी देखी जा सकती हैं। दूसरे महायुद्ध में सबसे अधिक नुकसान बर्लिन का ही हुआ है। अब भी वह दर्द जैसे सारे शहर में घूम रहा है। वैसे बर्लिन की स्थिति एकदम विचित्र है—पश्चिमी जर्मनी का एक हिस्सा होते हुए भी वह एक अलग राज्य है। 27 अप्रैल, 1920 को एक अधिनियम के द्वारा उसे 'बृहत्तर बर्लिन' घोषित कर अलग कर दिया गया। दूसरे महायुद्ध के बाद उसके दो भाग हो गए—पूर्व का सोवियत रूस के अधिकार में है और उसे उन्होंने समूचे पूर्वी जर्मनी की राजधानी बना लिया है। पश्चिमी बर्लिन में अमेरिका, फ्रांस और इंग्लैंड की फौजें हैं और यद्यपि जर्मनी की फेडरल सत्ता वहां भी मानी जाती है, तब भी कई मामलों में, यहां तक कि आंतरिक प्रशासन में, बर्लिन का अपना अलग स्थान है।

'यूरोप सेंटर' बर्लिन की सबसे ऊंची इमारत है। वहां खड़े होकर देखने पर पश्चिमी बर्लिन एक द्वीप की तरह दिखाई देता है। पूर्व और पश्चिम को बांटने वाली दुःखदायी दीवार है। पश्चिम की तरफ तो दीवार से लगी सड़कें और बड़ी-बड़ी इमारतें हैं, लेकिन पूर्व में दीवार के बाद ही 'माइन' बिछा दी गई हैं। फिर 'वाच टॉवर' हैं और 'घेरों के पास' घूमते हुए खूंखार कुत्ते। टेलीविज़न का ऊंचा टॉवर इमारत से साफ दिखाई देता है। दोनों के बीच एक नदी भी है—स्प्रे नदी। बर्लिन हराभरा और खूबसूरत है। सीधी कटी पहाड़ियां हैं, झीलें हैं।

बर्लिन में महायुद्ध की छाया अब भी व्याप्त है। युद्ध में नष्ट ऐसे अनेक घर हैं, जो अब भी उसी हालत में रखे गए हैं। शहर के बीच का पुराना चर्च अब भी टूटा पड़ा है। उसीके पास नया चर्च अवश्य बना दिया गया है, लेकिन नज़रें बलात् विध्वंस पर आकर अटक जाती हैं। ज़ारशाही, तानाशाही और

फिर स्वतंत्र बंधी हुई व्यवस्था—इन सबके दर्शन एकसाथ बर्लिन में हो जाते हैं। चाहे वहां का पुराना किला देखिए अथवा संग्रहालय—युद्ध के अवशेष हर जगह विद्यमान हैं। पश्चिमी बर्लिन के नागरिकों का पूर्व बर्लिन की सीमा में प्रवेश करना एकदम निषिद्ध है—वर्षों वहां के लोग अपने रिश्तेदारों से नहीं मिल सकते। बीच की दीवार दोनों तरफ लोगों को विवश किए है।

हमारे एक जर्मन मित्र ने एक किस्सा सुनाया था। एक लड़का नदी में तैरता हुआ, नदी की उस आधी सीमा को पार कर गया, जो पश्चिमी बर्लिन में नहीं थी। पूर्व के पहरेदार ने उस लड़के पर गोली दाग दी। ज़रा-सी भूल के कारण उसे अपनी जान गंवानी पड़ी। नदी का आधा-आधा हिस्सा दोनों क्षेत्रों में आता है।

बर्लिन की जनसंख्या निरंतर घटती जा रही है। गिरती आबादी को 'विस्मार्क आइडिया' माना जाता है। असल में वृद्धों की संख्या बहुत है और वे धीरे-धीरे कब्रों में शरण ले रहे हैं। नये मानवों का उदय धीमी गति से हो रहा है, इसलिए बर्लिन शहर जहां विकास की ओर है, वहां जनसंख्या तेज़ी से नीचे आ रही है। पूरे बर्लिन में हिटलर की यादें कहीं शेष नहीं हैं। उसे क्रूर और दुष्ट व्यक्ति माना जाता है, लेकिन उसकी याद इस रूप में भी नहीं की जाती। यहां काले, पुराने पत्थरों के बने मकान अब भी इतिहास को दोहराते हैं। इन सारे मकानों में महायुद्ध के दिनों में हथियार बनाए जाते थे।

एक सोमवार की शाम बर्लिन के एक अस्पताल में हमने बिताई थी। वहां 'फाउंडेशन डे' था और एक भारतीय डॉक्टर मुझे मुख्य अतिथि बनाकर वहां ले गए थे। उस अस्पताल में चार केरल की लड़कियां थीं, जो नर्सों का काम करती थीं। उस अस्पताल के एक जर्मन डॉक्टर उन चारों नर्सों को ले आए और मेरे पास बिठाकर चले गए। असल में समारोह में थोड़ी देर थी। उनका आशय था, मैं भारतीय मित्रों से मिलकर खुश होऊंगा। हुआ एकदम उलटा—चारों नर्सों को न तो हिंदी आती थी, न अंगरेज़ी। वे या तो मलयालम जानती थीं अथवा जर्मन भाषा। एक नर्स उनमें थी, जो किसी तरह टूटी-फूटी अंगरेज़ी बोल लेती थी। उससे जिस ढंग से डायलॉग हुआ, वह मुझे लज्जा में छोड़ गया। जब जर्मन डॉक्टर वापस आए और उन्होंने हंसकर कहा, "आप

खुश होंगे, अपने देश के लोगों से बातें कर आपकी बोरियत दूर हुई होगी," तो मैंने संक्षिप्त-सा उत्तर दिया था, "डॉक्टर साहब, आपसे डायलॉग करना आसान है, इनसे बातें करना कठिन है, क्योंकि इन्हें जो भाषा आती है, वह मुझे नहीं आती।"

अपने देश के लोगों के बीच ही अजनबी! भाषा को लेकर जो विवाद हमारे यहां चल रहा है, यह उसकी एक मिसाल है। यदि हमारे देश में भी एक सम्पर्क भाषा होती तो यह कठिनाई क्यों हो पाती!

चौंका देने वाले प्रश्न

महीने का पहला शनिवार। म्यूनिख का बाज़ार भीड़ से भरा था। रंग-बिरंगे कपड़े और खासी चहल-पहल।

कल शाम एक अखबार ने हमारा इण्टरव्यू लिया था। अखबार के प्रतिनिधि ने कल ही बता दिया था कि हर महीने के पहले शनिवार को म्यूनिख (जर्मनवासी इसे म्यूनीचेन कहते हैं) के घर सड़कों पर आ जाते हैं। महीने-भर की खरीददारी और मनोरंजन सब एक दिन में।

समाचारपत्र के संवाददाता को भारत की गरीबी से हमदर्दी थी। उसने जो प्रश्न पूछे, भारत के बारे में वहां के लोगों के ज्ञान के परिचायक हैं। उसका पहला प्रश्न था, "भारत में भुखमरी है, फिर आप लोग गायों को क्यों नहीं खाते?"

प्रश्न सुनकर मैं बिलकुल नहीं चौंका। ऐसे प्रश्न कई दिनों से कई लोग करते आ रहे थे। मैंने विनम्रता से उन्हें बताया, जर्मनी का औद्योगीकरण इतना अधिक हो गया है कि 'फोक कल्चर' या लोक-संस्कृति नाम की कोई चीज़ वहां नहीं बची। पूरा देश परम्परा से कट गया है। परम्परा के नाम पर स्वीडन की तरह वहां भी 'स्कांसा' है, जहां देखा जा सकता है कि पांच-सात सौ वर्ष पहले जर्मनी के लोग कैसे रहते थे।

मैंने कहा, "दोस्त, आपको आपके देश की ही एक पुरानी बात मैं बताना चाहूंगा। जिन दिनों यूरोप में रोमन सभ्यता का प्रचार और प्रसार था और आज की तरह मशीनों ने यहां आदमी पर कब्ज़ा नहीं किया था, उन दिनों यहां

के खेत ट्रैक्टरों से नहीं, हल द्वारा जोते जाते थे और उनमें घोड़े लगाए जाते थे। अब हल नहीं हैं, लेकिन जर्मनी के लोग अब तक घोड़े को पूज्य मानते हैं और उसका मांस नहीं खाते। आपको शायद यह पता नहीं होगा कि भारत के अधिकांश खेत अब भी हलों द्वारा जोते जाते हैं और उन्हें बैल खींचते हैं। गायों का दूध पीकर हमारी गरीब जनता जीवित है। आप ही बताइए, जब आप घोड़ों का मांस नहीं खाते तो हम कैसे अपने गाय-बैलों को मार सकते हैं, जिनकी सार्थकता और उपयोगिता आज भी हमारे यहां बनी है!"

उन्होंने विवाद करना चाहा तो मैंने सीधे कह दिया, "आइए, हमारे-आपके बीच आज समझौता हो जाए—आप घोड़ों का मांस खाने लगिए, हम गायें खा लेंगे।"

मेरी हंसी फूट पड़ी और वे ऊपर आकाश की ओर देखने लगे। जर्मनी में विकास के बावजूद नीला आकाश अब भी शेष था।

उनका दूसरा प्रश्न था, "यदि किसी रेगिस्तान में आप अकेले हों और एक गाय छोड़ दी जाए और आपके पास खाने के लिए कुछ न हो तो आप क्या करेंगे? आप उस गाय को खाएंगे अथवा तब भी नहीं खाएंगे?"

मेरा उत्तर था, "तब भी नहीं।" मैं ज़ोर से हंसा था। मैंने आल्प्स पर्वत पर हुई विमान दुर्घटना का उल्लेख किया था, जहां आदमी एक-दूसरे को खाते रहे, लेकिन बच नहीं सके। बचने की आशा के साथ 'प्रतीक्षा' जुड़ी है। यदि यह विश्वास हो जाए कि दो-चार-दस दिन में कोई रेगिस्तान से बाहर निकल लेगा तो भूखा भी रहा जा सकता है या कुछ भी खाया जा सकता है, लेकिन यदि वह प्रतीक्षा न हो तो...? मैंने उत्तर दिया, "मित्र, आपने रेगिस्तान नहीं देखे। मैं घुमक्कड़ हूं, इसलिए रेगिस्तान देखने जा सकता हूं। गाय को खाने के लिए घास चाहिए। उसकी घूमने की आदत आदमियों की तरह नहीं हो सकती। तब आप ही बताइए, भला वह वहां कैसे पहुंचेगी और क्यों पहुंचेगी?.. परन्तु मान लीजिए, ऐसी स्थिति आई भी, जैसी आप बता रहे हैं, तो किसी 'प्रतीक्षा' के अभाव में हम दोनों एक-दूसरे से लिपटकर मर जाना पसंद करेंगे।"

मैं जानता था, जिस सभ्यता में वह देश खड़ा है, ऐसी भावनाओं के लिए वहां कोई जगह नहीं है।

भारत के पंजाब में!

इसके बावजूद समूचे पश्चिमी जर्मनी में बाबरिया ही एक ऐसा राज्य है, जो जीवन्त है और जिसकी अपनी विशेषता है। बाबरिया की आबादी आस्ट्रिया से दुगनी है। यहां बड़े-बड़े देहात हैं, खेत हैं, चरागाह हैं। दिलेर लोग हैं, जो नाचते-गाते हैं और मशीनों की आवाज़ों को भेदकर अपने गीत छोड़ते हैं। बाबरिया भारत का पंजाब है। वैसे ही तगड़े और हंसमुख लोग हैं। कारखानों की वहां कमी नहीं है। बड़ी मोटरकारों से लेकर कम्प्यूटर और मशीनें तक बनती हैं। यह राज्य जर्मनी का सबसे बड़ा हिस्सा है। इसका इतिहास 16वीं सदी से निरंतर क्रमबद्ध मिलता है। सन् 1949 से यह फेडरल जर्मनी का हिस्सा है। बाबरिया प्राकृतिक साधनों में भी समृद्ध है। वहां का प्रशासन अन्य प्रांतों की तरह ही चलता है, लेकिन बाबरिया की जनता अपने को जर्मनी से भिन्न मानती है।

म्यूनिख बाबरिया का सबसे बड़ा शहर है और यहां की राजधानी भी है। सन् 1806 तक यहां राजशाही थी। सन् 1918 में यह लोकतंत्र का एक हिस्सा बना। म्यूनिख खूबसूरत शहर है और रोम की सभ्यता और संस्कृति से प्रभावित है।

बाबरिया का केसल (किला) दर्शनीय है। इसका निर्माणकाल 1660-1680 बताया जाता है और बड़े-बड़े ग्रीक चित्रों तथा रंगीन तैलचित्रों से पूरा किला भरा हुआ है। सोने की पॉलिश लगा फरनीचर अब भी वहां सुरक्षित है। बड़े और कीमती गलीचे, रेशम के कपड़े और प्राचीनतम लकड़ी के सामानों से किले के कमरे भरे पड़े हैं। दीवारों पर लगे चित्र विभिन्न मौसमों के हैं। 'बसंत और शिकार', 'जलाई और गरमी में पार्कों के मज़े' ये सब जीवंत चित्रों के विषय हैं।

किले में एक कमरा है—बच्चा जनने वाला। कहा जाता है, बाबरिया के राजा की एक रानी ने किसी कनीज़ से एक लड़का खरीद लिया था और घोषणा कर दी थी कि वह उसीके प्रसव का बच्चा है। थोड़े दिनों बाद यह भेद गुप्त नहीं रह सका। तब राजा ने किले में बच्चा पैदा करने के लिए एक कमरा

ही अलग बना दिया। इस कमरे में एक विशेष पलंग है। उसके सामने सात कुरसियां हैं। बीच में टेबल है। टेबल के सामने बड़ा शीशा लगा है। इस शीशे में पलंग का सारा दृश्य दिखाई देता है। नियम बना दिया गया था कि जब कोई रानी बच्चा दे तो सात लोग उन सात कुरसियों में बैठकर शीशे को देखते रहेंगे और जब सातों हस्ताक्षर कर देंगे, तब वह सही बच्चा समझा जाएगा।

इसी महल में एक दूसरे राजा की 48 प्रेमिकाओं के चित्र लगे हैं। ये सारे चित्र एक इतालवी चित्रकार के बनाए हैं। कुंग प्लाज़ या 'किंग-प्लेस' में म्यूनिख की सबसे चर्चनीय घड़ी है। ठीक 11 बजे उसमें भाले चलने लगते हैं और घोड़े दौड़ने लगते हैं। यही 11 बार आवाज़ करते हैं। इस अजीब घड़ी को देखने दर्शक प्रतीक्षा करते हैं।

म्यूनिख खेल-कूद की दुनिया में सबसे बड़ा नाम है। हमने वह विशालकाय स्टेडियम देखा। सन् 1969-70 में वह निरंतर तीन वर्षों के अथक परिश्रम के बाद बनकर पूरा हुआ था। स्टुडगार्ट के इंजीनियर बीमिश ने इस स्टेडियम की कल्पना की थी और उसीने इसे बनाया भी। बीच में एक बड़ा मुख्य स्टेडियम है। उसके आसपास तीन स्टेडियम और हैं। बीच में एक तरण-ताल है और आसपास स्वाभाविक-सी लगने वाली पहाड़ियां हैं। स्टेडियम की छत फ्लैक्सेबल बारीक कांच की बनी है। जिस दिन हम वहां पहुंचे थे, फुटबाल मैच चल रहा था।

स्टेडियम के पास ही म्यूनिख की सबसे ऊंची इमारत है—पी० एन० यू० यू०। यह शानदार इमारत मोटरकार के चार सिलिंडरों के आकार में बनी है और उसके ऊपर बने 660 फुट के टॉवर से सारा शहर दिखाई देता है। यह इमारत वास्तव में एक मोटरकार कम्पनी की है।

युद्ध के प्रति घृणा

म्यूनिख की अधिकांश इमारतें पत्थर की बनी हैं और समय तथा मौसम की मार से काली हो गई हैं। शहर के बीच में पत्थरों का बना ओपेरा हाउस है। दूसरे महायुद्ध में यह बुरी तरह क्षतिग्रस्त हो गया था, लेकिन अब यह फिर ताज़ा और साफ बनकर खड़ा हुआ है। म्यूनिख दर्शकों के लिए आकर्षण

का केन्द्र है—वार-पिलर या युद्ध-स्मारक। कहते हैं, 33 हज़ार सैनिक युद्ध के लिए यहां गए थे, केवल तीन हज़ार वापस लौटे, बाकी वहीं भून डाले गए। यह स्मारक युद्ध के प्रति घृणा का प्रतीक है। अनेक तरह के संग्रहालय, थियेटर कम्पनियों की बड़ी-बड़ी इमारतें, संगीत के लिए विशाल कन्सर्ट हॉल, मेले, प्रदर्शनियां, भीड़, चहल—पहल-सब कुछ म्यूनिख में मिलेगा। शहर से गुज़रते हुए एक लम्बे प्रस्तर-स्तम्भ पर बनी उड़ती हुई लड़की, जिसे 'ऐंजिल ऑफ पीस' कहते हैं; ग्रीस के राजा लूथिक का संग्रहालय 'पेनाकुटीज़', जहां बैंगाग से लेकर आधुनिकतम चित्रकारों के चित्र सुरक्षित हैं; पत्थरों की बनी बाबरिया राज्य की संसद-इमारत आदि कुछ ऐसी चीज़ें हैं, जहां रुके बिना नहीं रहा जा सकता।

इन सबके बीच म्यूनिख में सबसे निराली जो चीज़ है, वह है 'डच म्यूज़ियम'। दुनिया में यह अपने ढंग का निराला संग्रहालय है। इसमें सबसे पहली मोटरकार से लेकर सन् 1976 में निकली कारें तक रखी हुई हैं। इसी तरह सबसे पहले रेलवे इंजन और विमान से लेकर आधुनिकतम इंजन और विमान सुरक्षित हैं। जहाज़ भी हैं और भारत की सबसे पहली बैलगाड़ी भी यहां सुरक्षित है। इसी संग्रहालय में कोयला, लोहा, नमक और पोटेशियम की विशाल खदानें बनाई गई हैं। पांच मंज़िला यह संग्रहालय इतना विशिष्ट है कि दुनिया की हर वस्तु को यहां देखा जा सकता है। यह आसानी से कहा जा सकता है कि यहां क्या नहीं है! निश्चय ही इस संग्रहालय का मूल्य आंकना कठिन है, क्योंकि यहां रखा सुपरसोनिक विमान ही कितना कीमती होगा! फिर कोई चीज़ नकली नहीं है, सभी असली हैं। इसे देखने के लिए कम से कम दस दिन चाहिए। मैं नहीं समझता कि समूचे यूरोप में ऐसा कोई संग्रहालय होगा।

संग्रहालय से जब हम बाहर निकले तो दोपहर हो गई थी। हमारा गाइड विश्वविद्यालय का छात्र था और पार्ट-टाइम में यह काम किया करता था। 'ईजागेट' पार करते ही हम पुराने म्यूनिख शहर में पहुंच गए थे। भीतर जाते ही विश्वविद्यालय मिला और उसीके पास बने चर्च से बजती हुई घंटियां सुनाई दीं। इसीके पास बाबरिया के पुराने राजा का किला है, जो तेरहवीं सदी में

बनाया गया था। किला अब भी अच्छी स्थिति में है। किले के खुले भाग में झाड़ लगे हैं। उनके नीचे पत्थरों की बेंचें पड़ी हैं। हलके प्रकाश में कोई भी शाम वहां आसानी से बिताई जा सकती है।

हमारा गाइड विश्वविद्यालय की इमारत को देखकर नाराज़ हो उठा था। हम एक बेंच पर बैठ गए। उसने बातें शुरू कर दीं, "सरकार ने कानून बनाकर विश्वविद्यालय में हड़तालों को गैरकानूनी घोषित कर दिया है।" उसका कहना था, "यदि आप स्ट्राइक नहीं कर सकते तो यूनीवर्सिटी जाकर क्या करेंगे?" उसकी एक और शिकायत थी, "पढ़ने के बाद यदि अपने असिस्टेंट प्रोफेसर के साथ किसी पब में बैठकर बीयर न पी तो कॉलेज की पढ़ाई क्या हुई! वह तो स्कूल हो गया।" उसका यह भी कहना था, "विश्वविद्यालय अब स्कूल बनते जा रहे हैं। ननॉसेंस!" अजीब तरह से मुंह बनाकर वह उठ बैठा था और अपने उखड़े मन से फिर हमारे साथ आगे बढ़ गया था।

उसी शाम हम लेखक डॉ० एण्टोनिन काटोचविल से मिले। वे अंगरेज़ी बिलकूल नहीं जानते थे। बीस साल पहले चैकोस्लोवाकिया से विभाजन के बाद यहां आए थे। जिस तरह भारत और पाकिस्तान में विभाजन के समय घटनाएं और दर्दनाक विभीषिकाएं हुई थीं, ठीक वैसी ही घटनाएं चैकोस्लोवाकिया में हुई थीं। यह घटना उस समय की है, जब चैक रूसी प्रभुत्व में चला गया था। तब वहां के अनेक लेखक भागकर जर्मनी आ गए थे। उनका साहित्य विभाजन के दर्द और पीड़ा से भरा है।

डॉ० क्राटोचविल की पत्नी बहुत अच्छी अंगरेजी बोलती थीं। उन्हींके माध्यम से हमारी सारी बातें हुईं। वे फ्रीलांस लेखक हैं, लेकिन उनका अनुभव है कि कोई भी लेखक मात्र लेखन से यहां जीविका नहीं चला सकता। इसलिए वे 'रेडियो फ्री यूरोप' में काम भी करते हैं।

'रेडियो फ्री यूरोप' तिवोली के पास शानदार इमारत में बना है और उसमें एक हज़ार कर्मचारी काम करते हैं। अमेरिकी पैसे से यह रेडियो चलता है और इसका काम है साम्यवादी देशों-रूस, चैक, हंगरी, पोलैंड इत्यादि के विरुद्ध प्रचार करना। इसके प्रसारण अंगरेज़ी और उन देशों की भाषाओं में होते हैं, जहां की जनता के लिए उसे बनाया गया है। हमने कई प्रसारणों की

प्रतिलिपियां पढ़ीं। बहुत संतुलित ढंग से, आंकड़े देकर पूर्व और पश्चिम का तुलनात्मक विवरण पेश किया जाता है। हमें पता चला कि पूर्व बर्लिन में भी ऐसा ही एक रेडियो स्टेशन है, जो पश्चिम का विरोध करता है। दो राजनैतिक सिद्धांतों और चेतनाओं के बीच की खाई को इससे आसानी से समझा जा सकता है।

म्यूनिख में वह हमारी अंतिम रात्रि थी। उस रात 'प्लाज़' के एक होटल में हमें विशेष रूप से रात्रि-भोजन के लिए ले जाया गया। होटल ठसाठस भरा था। वहां रोज रात को बाबरिया की लोक-कला को प्रदर्शित किया जाता है। बाबरिया के लोग अपने यहां की बीयर और वाइन की तारीफ करते थकते नहीं...। वहां के होटलों में बाबरिया की शराबें ही मिलती हैं।

होटल में एक कोने पर स्टेज बना था। सामने परदा लगा था। परदा धीरे-धीरे खुला और एक लड़की ने बाहर आकर सबका स्वागत किया। सिर हिलाकर, कमर लचकाकर बाबरियन ढंग से अभिवादन करने के बाद उसने तेज़ जंगली ढंग से गाना शुरू कर दिया। लड़की बाबरिया की लाल और सफेद पोशाक पहने थी। देखने में वह लगभग कज़ाग (रूसी) लगती थी। जंगली आवाज़ों के बाद माइक लेकर उसने अत्यंत मधुर स्वर में गाना शुरू किया। हमारे गाइड ने बताया कि उसके गाने के शब्द अर्थहीन हैं। थोड़ी देर बाद जनता भी उसके साथ गाने लगी। इससे अदाज़ा हुआ कि वह कोई लोकगीत गा रही होगी। जो भी हो, वह एक ही पंक्ति बार-बार दोहरा रही थी। गाइड के बताने पर उसका अर्थ इस तरह किया जा सकता है :

आज की रात, आज की रात
बस आज की रात है यह
कल होगा क्या पता नहीं!

गीत खतम होते ही एक मसखरा स्टेज पर आया। उसने स्थानीय प्रसिद्ध लोगों के नामों को लेकर मज़ाक करने शुरू कर दिए। जनता उन्हें जानती है, क्योंकि उसके मज़ाक पर सभी 'हो-हो' कहकर चिल्ला पड़ते थे। हर मज़ाक के बाद मसखरा एक पंक्ति दोहराता था। उसका अर्थ था, 'वोट मांगकर

चला गया, अगली बार आएगा तो क्या होगा?' उसका उत्तर भी हाज़िर था, 'उसके चमचे (इसके बाद किसीका नाम लिया जाता था) कहेंगे-यह होगा, वह होगा!' फिर आवाज़ उठेगी, 'हो-ओऽऽऽ!'

मसखरे ने वहां के चांसलर स्मिथ पर भी खासी चोटें की थीं और एक गुब्बारे को फोड़ते हुए कहा था, "स्मिथ इज़ गोन।"

हमारी टेबल पर एक युवती अकेली बैठी थी, यानी उसके साथ कोई और मर्द नहीं था। हर मज़ाक के बाद वह बेहद खुश होकर हमसे हाथ मिलाती थी। एक बार तो उसने हमारा बीयर का गिलास ही उठा लिया और बिना पूछे गिलास खाली कर गई। इसके बाद उसने सबके सामने उठकर 'किस' किया और स्टेज को देखते हुए वह वहीं नाचने लगी। उसे अपने अकेलेपन का एहसास कम से कम एक रात तो कम हुआ।

डेढ़ बजे रात तक सारी जनता मुक्तकंठ से उस हंसी-मज़ाक के माहौल में डूबी रही। जर्मनी में ऐसी ज़िंदादिली हमने और कहीं नहीं देखी। इस मायने में बाबरिया जर्मनी के अन्य राज्यों से एकदम अलग है।

दूसरे महायुद्ध के बाद जर्मनी ने जिस तीव्र गति से प्रगति की है, देखकर आश्चर्य होता है। औद्योगीकरण का सिलसिला ऐसा शुरू हुआ है कि वह 'आदमी' को हटाता जा रहा है। कम्प्यूटर भाग्य-विधाता बन गए हैं। बड़े-बड़े कारखानों के कारण जर्मनी से गांव एकदम नष्ट हो गए हैं। सब शहर हैं और आधुनिकतम सुविधा से सम्पन्न हैं।

जर्मनी की जनसंख्या 6 करोड 13 लाख है, लेकिन अधिकांश शहर गिरती हुई आबादी की चपेट में हैं। जर्मनी गोएठे, योहान और जेबास्टिचवान बाख का देश है। वहां हाइनरिख हाइने, कार्लमार्क्स, आउगुस्ट बेबल, विस्मार्क, मार्टिन लूथर और अलबर्ट आइन्स्टाइन जैसे विश्वविख्यात व्यक्तियों को जन्म मिला है।

राइन नदी यहां गंगा की तरह विशाल है। दुःख यही है कि वह गंगा की तरह पवित्र नहीं है। उसका उपयोग व्यापारी जहाज़ों के लिए किया जाता है। वैसे जर्मनी का प्रत्येक नागरिक बहुत परिश्रमी है। एक टूटे हुए और नष्ट देश

में जिस नव-जागरण और आशावाद को जन्म मिला है, दुनिया के इतिहास में अकेला है। जर्मनी दो भागों में बंट गया है, लेकिन युवावर्ग अब भी आश्वस्त है कि वे कभी एक ज़रूर होंगे।

विदेशी सेनाएं रखना शायद पश्चिमी जर्मनी की मजबूरी है। जनता का विश्वास है कि जिस दिन विदेशी सेनाएं वहां से हटी, साम्यवादी रूस उनपर कब्ज़ा कर लेगा। अब भी कई युवा छात्रों में विद्रोह की भावना पनपने लगी है। फ्रेंकफर्ट यूनीवर्सिटी में वह हमें देखने को मिली थी।

जर्मनी का इतिहास क्रांति से भरा है। सन् 1890 में विस्मार्क को हटाने के बाद काइज़र बिल्हेम द्वितीय ने वहां की सत्ता सम्हाली थी। प्रथम महायुद्ध में जर्मन की हार हुई और घृणा, ग्लानि तथा विघटन का युग आया; लेकिन उसीके बाद सन् 1918 में जर्मन राइख एक गणराज्य बन गया, जिसका पतन फिर 30 जनवरी, 1633 को हुआ, जब एडोल्फ हिटलर और उसके 'राष्ट्रीय समाजवादी जर्मन श्रमिक दल' ने सत्ता हथिया ली। हिटलर शीघ्र ही तानाशाह बन गया। उसने राजनैतिक विरोधियों और यहूदियों का क्रूरता के साथ सफाया किया। फिर विश्वविजय के मनसूबों ने सन् 1939 में उसे दूसरा विश्वयुद्ध छेड़ने के लिए विवश किया। यह युद्ध सन् 1945 में समाप्त हुआ और उसके साथ ही 'जर्मन राइख' का भी पूरी तरह पतन हो गया। कहा जाता है कि दूसरे महायुद्ध में दुनिया में पांच करोड़ से भी अधिक लोग मारे गए थे।

आज का जर्मनी विभक्त देश है। सन् 1937 में जर्मन राइख का क्षेत्रफल 1,81,700 वर्गमील था, अब पश्चिमी जर्मनी 95,850 वर्गमील रह गया है। वर्तमान जर्मनी का शासन केन्द्रीय और राज्य शासनों द्वारा होता है। राज्यों को या प्रदेशों को यहां 'लैंडर' कहा जाता है और अधिकांश मामलों में लैंडर स्वतंत्र हैं। इसी तरह गांवों का संचालन, जिन्हें 'कम्यून' कहते हैं, भी स्वतंत्र ढंग से होता है। जर्मन सेना को 'बुंडेसवर' कहा जाता है, लेकिन वह अमेरिका, फ्रांस और इंगलैंड द्वारा शासित है।

जर्मनी की संसद (बुंडस्टाग) में 518 सदस्य हैं और 6 राजनैतिक दल हैं। इन दिनों एस० डी० पी० यानी 'सोशलिस्ट डेमोक्रेटिक पार्टी' के श्री हेल मूठ श्मिड्ट (स्मिथ) सत्ता में हैं। सरकार कोई भी हो, जनता को अपने

जीवनयापन, शिक्षा, स्वास्थ्य आदि की कोई चिन्ता नहीं है। यह सब सरकार का काम है। इसीलिए वहां की जनता राजनीति से दूर है।

वृद्धावस्था का अभिशाप

जर्मनी का सामाजिक जीवन अकेला भी है और सार्वजनिक भी। सार्वजनिक इस रूप में कि चाहे कोई प्रोटेस्टेंट हो या कैथोलिक, किसी न किसी चर्च से उसे जुड़ा रहना होता है। प्रत्येक नागरिक को 'चर्च टैक्स' देना पड़ता है और उसीके साथ उसका सामाजिक जीवन बंधा है। उसके बाहर प्रत्येक व्यक्ति अपने-आप तक या परिवार तक सीमित है। इसका परिणाम यह हुआ कि वहां परिवार जैसी चीज़ नहीं है। परिवार का मात्र अर्थ है—पति-पत्नी। लड़के-लड़कियां अपनी इच्छा से विवाह करते हैं और अलग हो जाते हैं।

वृद्धावस्था जर्मनी में ही नहीं, समूचे यूरोप में अभिशाप है। एक तो यहां के लोग दीर्घजीवी हैं। फिर अकेले पड़ जाते हैं। वृद्धों की देखभाल के लिए सरकारी गहों के बावजूद वे टूटे हुए और घुटन तथा दर्द की पीड़ा से व्याप्त हैं। उनमें से अधिकांश तो पागलों की तरह हरकतें करते हैं। युवावस्था में जी तोड़ मेहनत करने के बाद बुढ़ापा इतना दयनीय हो जाए, यह उन देशों के लिए सावधान रहने को काफी है, जो अभी विकसित हो रहे हैं। विकास की गति में यदि आदमी ही टूट जाए तो शेष क्या रहेगा—जिस मशीन को उसने बनाया है, वही उसे खाने लगे! यदि ये सदियां भी भस्मासुरों को ही जन्म देगीं तो इतिहास आगे बढ़ा है, यह कौन कहेगा?

पेरिस

ओरले एयरपोर्ट में जिस समय हमारा विमान उतरा, ज़ोर की बारिश हो रही थी। आसमान पानी और धुंध से भरा था, इसलिए बहुत देर तक तो विमान नीचे ही नहीं उतर सका। ऊपर से हम महान पेरिस नगरी को देखते रहे। जब कभी विमान थोड़ा नीचे उतरता तो किसी बहुत ऊंची इमारत की चमकती हुई दीवारें दिखाई दे जातीं। रंग-बिरंगी छतों पर सीधा पड़ता हुआ

पानी, इमारतों के नीचे झीलें, नहरें, नदियां, फूल और रंग-बिरंगे छत्ते। रात होती तो प्रकाश का सतरंगी आंचल हमारी ओर बढ़ता हुआ दिखाई देता।

आखिर विमान नीचे उतर ही गया। बाहर आते ही भारतीय दूतावास के अधिकारी श्री कठपालिया के प्रतिनिधि मिल गए। मन शांत हुआ। घबराहट थी, यदि बरसते पानी में कोई न मिला तो क्या होगा।

ओरले से हम सीधे रायो डी मोनट्योन पहुंचे, जहां होटल सेंट्रल मानटी में हमारे निवास की व्यवस्था थी। होटल का मालिक शेर अली फ्रेंच के सिवाय अंगरेज़ी और हिन्दी जानता था। वह बोहरा है और कभी भारत में रहा है। फ्रांस में, जहां लोग अंगरेज़ी भी नहीं बोलते, हिन्दी बोलने वाला कोई मिल जाए तो मैं इसे अपना भाग्य मानता हूं। शेर अली ने बड़े सम्मान के साथ बहुत बढ़िया कमरा मुझे दिया। जाते हुए उसने मुसकराकर पूछा, "कुछ और चाहिए?...देखिए, भारत की तरह शर्म न कीजिए, पेरिस आए हैं तो धूम डालिए। साथ घूमने के लिए लड़की चाहिए तो... ।"

"नहीं," मैंने उत्तर दिया, "यूनेस्को के डायरेक्टर मेरे मित्र विलियम स्टेप शाम को आएंगे।"

शेर अली चला गया, लेकिन उसकी आत्मीयता पाकर सारा अजनबीपन दूर हो गया। थोड़ी देर बाद ही फ्रेंच युवा लेखक मोज़ेज आ गए और शाम को विलियम स्टेप, जो मेरे साथ तीन सप्ताह जर्मनी में रह चुके थे।

होटल के सामने ही फोलियस बरगेर (Folies Bergere) का चमकता हुआ बोर्ड लगा था। यह पेरिस का सबसे पुराना कैबरे थियेटर है। इसे अब भी ट्रेडिशनल थियेटर माना जाता है और कहा जाता है कि नृत्यों में विकास के बावजूद इसने अपनी परम्पराएं नहीं छोड़ी।

फोलियस विशुद्ध कैबरे थियेटर है। उसी रात साढ़े आठ बजे हमने वहां कैबरे देखा। देखकर मन में विचार उठा, यदि यह पुरानापन है तो नया क्या होगा? एकसाथ सात लड़कियां, फिर तीन-चार आदमी। खुले हुए स्तन, फिर नग्न शरीर। पहले कैबरे, फिर स्ट्रिपटीज़। उसके बाद हास्य-विलास के दृश्य। पुराने राजा-महाराजाओं की पालकी वाले दृश्य। फ्रेंच बिलकुल नहीं आती थी, मित्र विलियम जितना समझा सके, वही समझ में आया, लेकिन

जो देखा, उसे समझने की ज़रूरत नहीं पड़ी। इसीके बाद दूसरे दिन पेरिस के आधुनिकतम कैबरे थियेटर 'लिडो' में मैं गया था। यह पेरिस का ही नहीं, सम्भवतः दुनिया का सबसे शानदार कैबरे थियेटर है—इससे अधिक आधुनिक दुनिया देखनी अभी शेष है। काफी खर्चीला है और रोमांचक भी। इस थियेटर की ब्ल्यू बेल गर्ल्स अपने कलात्मक कैबरे नृत्यों के लिए विश्वविख्यात हैं। लिडो के सामने ही नेपोलियन का बनाया स्मारक है। यहां दिन-रात अग्नि-ज्योति जलती रहती है।

नेपोलियन जीवित है!

जर्मनी और फ्रांस में एक महत्त्वपूर्ण अंतर मैंने यह देखा कि जहां जर्मनी के लोग हिटलर का नाम लेना भी पसंद नहीं करते, वहां पेरिस में जगह-जगह नेपोलियन जीवित है। नेपोलियन का घर, उसका कार्यालय, उसके हथियारों का संग्रहालय, और फिर स्वयं नेपोलियन की प्रस्तर-प्रतिमाएं। पेरिस घूमते हुए निरंतर लगता रहा, हम अब भी नेपोलियन के साथ चल रहे हैं।

पेरिस आधुनिकता के लिए विश्वविख्यात है। स्वीडन की तरह ज़मीन के भीतर तीन तहों में चलने वाली रेलगाड़ियां हैं। रहन-सहन यूरोप के दूसरे देशों से महंगा है—जर्मनी से अधिक, स्वीडन से कम। पेरिस की विशेषता यह है कि वही फ्रांस है। फ्रांस का बाकी हिस्सा बहुत सामान्य है। पेरिस का नाम लेते ही अकसर एक नक्शा आंखों के सामने झूल जाता है—फैशन का। असल बात कुछ और है। पेरिस में फैशन कहां है? लड़के और लड़कियां सामान्य ज़ीन के पैंट और शर्ट पहनते हैं। ऐसी चुस्त पोशाकें सारे यूरोप और लंदन में पहनी जाती हैं। फैशन दिखाने के लिए वहां 'फैशन शो' होते हैं, लेकिन शो एक नाटक ही तो है। सामान्य ज़िन्दगी उस शो से दूर है। मुझे लगा, जो फैशन दिल्ली के कनॉट प्लेस में देखने को मिलता है, शायद ही कहीं मिलेगा। वहां की लड़कियां खूबसूरत होते हुए भी सीधे और सरल ढंग से रहती हैं। आदमियों की बराबरी में काम करती हैं। कुछ समय पहले 'महिला वर्ष' के उपलक्ष्य में ब्रसल्स में एक सम्मेलन हुआ था। उसमें लड़कियों ने अपने 'ब्रा'

उतारकर जलाए थे और कहा था, 'हम पुरुषों की नज़र में मात्र सेक्स के प्रसाधन बनकर नहीं रहना चाहतीं, हम उनके बराबर हैं।' परिणाम यह था कि पेरिस की दुकानों में 'ब्रा' 'सेल' में बिक रही थी। वहां की लड़कियों ने वह पहनना ही बंद कर दिया है।

फ्रांस के लोगों में भाषा के प्रति अत्यंत गौरव है—अंगरेज़ी को वे हीन समझते हैं। कई जगह भाषा-संबंधी कठिनाइयां मुझे हुईं। मित्र न होते तो शायद कठिनाई अधिक महसूस होती।

पेरिस में जहां जगह-जगह इतिहास बिखरा हुआ है, वहां कला और साहित्य की दुनिया भी प्रज्वलित है। जिन होटलों, पबों या रेस्तराओं में रोदां, गोगा, पिकासो आदि कलाकार बैठते रहे हैं, वे इसे अपना गौरव समझकर वैसा प्रदर्शन करते हैं। वहां का हर आदमी इन कलाकारों से परिचित है। यही बात लेखकों की है। जिन दिनों मैं पेरिस में था, सुप्रसिद्ध दार्शनिक ज्यां पाल सार्च पेरिस के बाहर छुट्टी बिता रहे थे। सीमन द बुआ उनके घर में थी। सार्त्र का घर देखने का सौभाग्य मुझे मिला और एक फ्रांसीसी लेखक के सहयोग से पेरिस से दूर अवकाश में समय व्यतीत करते सार्त्र के भी दर्शन हुए। सार्त्र काफी वृद्ध हो गए हैं और उन्हें दिखाई भी कम देता है, लेकिन उनकी मानसिक चेतना उतनी ही जाग्रत् है।

पेरिस से अधिक रंगीन दुनिया यूरोप में नहीं है। मैंने मोम्बासा में इण्टरनेशनल कसीनो को देखा था। पेरिस का 'कसीनो डी पेरिस' बहत भिन्न था। कहा जाता है, इससे अच्छा कसीनो दुनिया में कहीं नहीं है।

पेरिस दुनिया में पांचवें नम्बर का बड़ा शहर (जनसंख्या के अनुपात में) माना जाता है। आधुनिकता में शायद वह पहला होगा। वैसे स्वीडन के स्टाकहोम को इस सिलसिले में भुलाया नहीं जा सकता। पेरिस से 14 समाचारपत्र प्रकाशित होते हैं और आठ रेलवे स्टेशन हैं। इनमें लोकल स्टेशन शामिल नहीं हैं। हवाई अड्डे भी तीन हैं। यहां 585 सिनेमाहॉल और 400 डांस-क्लब हैं। उनमें 15वीं सदी का मोमाट और केनकेन के लिए विख्यात 'मोलिन रोग' भी शामिल हैं।

शानदार सड़कें—संकरी गलियां

पेरिस अजीब शहर है—यदि वहां चौड़ी और शानदार सड़कें हैं तो संकरी गलियां भी हैं। गलियों के बावजूद वह गंदा नहीं है। पेरिस के लोग 'वाइन' के शौकीन हैं। यहां तीन हज़ार किस्म की 'वाइन' बनाई जाती हैं और कहा जाता है कि यहां के लोग प्रतिवर्ष बीस हज़ार लाख गैलन वाइन पीते हैं। पेरिस की वाइन में रेड वाइन दुनिया भर में विख्यात है। वाइन की तरह यहां के सेंट भी प्रसिद्ध हैं और फ्रांस के सेंट साम्यवादी देशों के बाज़ारों में भी धड़ल्ले से बिकते हैं।

पुराने पेरिस में हमने मोमार्क देखा और फिर मोमार्क सिमेटरी। यहां कई प्रसिद्ध लेखक चिरनिद्रा में लीन हैं। ड्यूमा, रैनो, सासागिटरी, अलफान्ज़ो पैसी इत्यादि अनेक विख्यात लेखक यहीं दफनाए गए हैं। इसीके पास कथीडो ऑफ नाटरडम है। सन् 1492 के आसपास यह फ्रांसीसी सभ्यता का केन्द्र रहा है। इसका महत्त्व इसीसे आंका जा सकता है कि फ्रांस की राज्य-क्रांति के बाद इसे तोड़ा जा रहा था, परन्तु वह बचा लिया गया। सन् 1831 में विख्यात लेखक विक्टर ह्यू गो ने इसीको अपने उपन्यास का विषय बनाया। नाटरडम का निर्माण सन् 1163 में शुरू हुआ था और सन् 1250 में बनकर वह पूरा हुआ। पत्थर की नक्काशीदार मूर्तियों और अपनी कला-भव्यता के लिए यह विश्वविख्यात है। इतिहास के ढेर-से पन्ने इसकी कहानी अपने साथ लिए हुए हैं।

पेरिस को पहचानना है तो एफ० एल० टॉवर से उसे जाना जा सकता है। बम्बई में गेट-वे ऑफ इंडिया है, दिल्ली में कुतुबमीनार, तो पेरिस में एफ० एल० टॉवर। यह टॉवर सन् 1889 में बनकर तैयार हुआ था। इसकी ऊंचाई एक हज़ार फुट है और वज़न सात हज़ार टन है। टॉवर के दूसरे प्लेटफॉर्म पर एक रेस्तरां है। ऊपर जाने के लिए लिफ्ट है और सबसे ऊपर पहुंचकर सारे पेरिस को आसानी से देखा जा सकता है। टॉवर के दोनों ओर संग्रहालय है और ज़मीन के भीतर एक थियेटर है, जहां तीन हज़ार लोग बैठ सकते हैं।

गधे की पीठ पर सेंट

पेरिस देखना है तो पिगेली देखे बिना वह अधूरा रहेगा। यहां कॉफी हाउस है और बुद्धिजीवियों का यह केन्द्र है। एक दोपहर हम पिगेली में घूम रहे थे। हमने देखा, एक लड़की गधे की पीठ पर इत्र, सेंट आदि खुशबूदार चीज़ें बेच रही थी। उसने गधे को आकर्षक ढंग से सजा रखा था, और वह स्वयं विचित्र पोशाक पहने थी। वैसे फ्रांस का सेंट खरीदना है तो प्लास्टर ऑफ कान्करोट को जाते हुए अनेक बड़ी और शानदार दुकानें मिलती हैं। दुनिया भर में यह सेंटों के लिए सबसे बड़ा बाज़ार है, लेकिन गधे की पीठ पर सेंट की दुकान चलते-फिरते देखने और वहां से सेंट खरीदने का अपना मज़ा भी है।

पिगेली के आसपास अनेक महत्त्वपूर्ण इमारतें हैं—एयर फ्रांस का कार्यालय, नेशनल असेंबली, आर्मी संग्रहालय इत्यादि।

नेपोलियन पेरिस में हर जगह विद्यमान है। नेपोलियन का बनवाया मेडीलीन चर्च अपने ढंग का निराला है। उसमें 150 घेरे हैं। पेरिस में नदियों पर 30 पुल हैं। उनमें से एक है पोंडियेना। नेपोलियन इस पुल को उड़ाना चाहता था, लेकिन सम्राट लुई स्वयं उसपर खड़ा हो गया और नेपोलियन उसे नहीं उड़ा सका। पेरिस में ही वाटरलू है, जहां सन् 1853 में नेपोलियन की हार हुई थी। नेपोलियन ने अपने जीवन के अंतिम क्षणों में एक सनद लिखी थी। उसमें कहा गया था, 'मेरी आकांक्षा है कि मेरे अवशेष सेम नदी में बहा दिए जाएं, जहां से मैंने अपनी जनता से प्यार करना सीखा था।'

सेम वास्तव में पेरिस के लिए मूल्यवान नदी है। नदी का पानी साफ है और नदी पर अनेक चौड़ी सड़कों वाले पुल बने हैं। सेम नदी के साथ चलती हुई सड़क पर ही एक संग्रहालय है, जहां विश्वविख्यात मोनालीसा का मूल चित्र सुरक्षित है।

पेरिस इतिहास और कला की नगरी है। लुई वंश के राजाओं और महान विजेता नेपोलियन के अनेक महल और स्मारक देखे जा सकते हैं। इसी तरह

विख्यात चित्रकारों और कलाकारों की कृतियां सर्वत्र दिखाई देती हैं। एक बाग में 'स्वतंत्रता की मूर्ति' की मूल कृति है, जिसे बाद में फिर से बनाकर न्यूयॉर्क के बंदरगाह में लगाया गया है। इस मूर्ति का निर्माता पेरिस का कलाकार स्ट्राकटर था। पहले उसने मॉडल बनाया था, बाद में पूरी मूर्ति बना थी। यह मॉडल पेरिस में देखा जा सकता है।

पेरिस जाने वाला कोई भी यात्री रोदां का संग्रहालय देखे बिना नहीं लौटता। अगस्ती रोदां का जन्म 12 नवम्बर, 1840 को हुआ था और सन् 1886 में उसकी मृत्यु हो गई। प्रस्तर-कला में रोदां की बराबरी का दूसरा कलाकार नहीं है। हमने रोदां का संग्रहालय देखा। एयर फ्रांस से लौटते हुए अपने मित्र विलियम स्टेप के साथ तीन घंटे हमने यहीं गुज़ारे। पत्थरों को तराशकर कागज़ की तरह मोड़ देने का कमाल रोदां की विशेषता है। संग्रहालय के बाहर लॉन में जो प्रस्तर-प्रतिमाएं सबसे ज़्यादा आकर्षित करती हैं, उनमें छः राजनैतिक बंदी हैं। उनमें से एक के दोनों हाथों में हथकड़ी है। बाकी पांच के गले में लोहे की सांकल हैं, जिनमें उन्हें बांधा गया है। शायद हथकड़ी वाले कैदी को मौत के घाट उतारने के लिए ले जाया जा रहा है। एक दूसरा व्यक्ति अपने सिर पर हाथ रखे है और बाकी बातें कर रहे हैं। इस दृश्य' ने हमें सहसा आकर्षित कर लिया। लगता है, पत्थरों को किसीने मोमबत्ती की तरह पिघलाकर रूप दे दिया है।

संग्रहालय के भीतर भी ऐसी ही प्रतिमाएं हैं, जिन्हें देखकर दंग रह जाना पड़ता है। एक युवती है, जिसका चेहरा और स्तन तक का भाग नारी का है, बाकी शरीर घोड़े का है। वैसी ही पूंछ है। चार पैर हैं। पत्थर सफेद रंग का है। उसमें कलाकार ने घोड़े की गति के माध्यम से 'सेक्स' को चित्रित किया है। इसी तरह अनेक स्त्री-पुरुषों की नग्न प्रतिमाएं, प्रेमरत जोड़े, चुम्बन की मुद्राएं, संभोग के दृश्य, नग्न परेशान आदमी, शॉल ओढ़े बीमार पुरुष आदि ढेर-सी प्रतिमाएं हैं और प्रत्येक को देखकर रोदां की अद्भुत कला-शक्ति पर चकित रह जाना पड़ता है।

रोदां संग्रहालय से ही हम यूनेस्को के कटोरीनुमा विशाल भवन को देखने गए थे। भवन की दीवारों पर पिकासो के अमूर्त चित्र हैं। डॉ० स्टेपने यूनेस्को

के अनेक अधिकारियों से हमें मिलाया था। वहां बहुत-से भारतीय भी हैं, जो विभिन्न विभागों में बड़े पदों पर काम कर रहे हैं।

पेरिस घूमते हुए दो-तीन महत्त्व की चीज़ें देखनी आवश्यक हैं—केफ यूनीप्रिक्स (प्रसिद्ध दार्शनिक सार्च का यह सुपरिचित स्थान है। कुछ समय पहले तक वे यहां बैठते थे। आज भी फ्रांस के लेखक यहीं शाम को मिलते हैं); दूसरी जगह है—प्लाज़ बानडोन। यहां लोहे के खम्बे पर नेपोलियन की प्रस्तर-प्रतिमा है, इस बात ने तो मुझे आकर्षित नहीं किया, बल्कि मैंने इसे पसंद तब किया, जब मुझे बताया गया कि विश्वविख्यात कथाकार अर्नेस्ट हेमिंग्वे जब सेना में काम करते थे, यहीं खड़े होकर उन्होंने 'मार्टिनी' पी थी। तीसरा स्थान शोनजी लीजो है। यह सम्राट लई चौदहवें के समय बनाया गया था। इसीके पास प्लास्टर ऑफ कान्करोट है। यह 18वीं सदी में बना था। इसके चारों ओर बाग है, जिसमें पत्थर की नक्काशीदार मूर्तियां हैं। उनका निर्माता लेबो था, जिसने गैस-लाइट का आविष्कार किया था। शोनजी लीजो में ही पेरिस के सबसे बड़े दैनिक पत्र 'ला फगरो' का कार्यालय है। इसीके पास लॉ कालसी में बैठकर हमने बीयर पी थी और अपनी इस मजबूरी पर पछता रहे थे कि बरसाई जाकर नेपोलियन का किला हम नहीं देख पा रहे। पेरिस के इतिहास में इस किले का बहुत उल्लेख हुआ है। यह फ्रांस के तीन सम्राटों का निवास रहा है और बाद में नेपोलियन ने भी उसीमें रहना पसंद किया था।

पेरिस खूबसूरत शहर है और उतना ही रंगीन भी है। जगह-जगह 'सेक्स शॉप' हैं और रंगीन रात्रि व्यतीत करने के सारे इन्तज़ाम हैं। समृद्ध और सम्पन्न देश का वैभव पेरिस में उतर आया है। वैसे भी यूरोप के किसी भी देश की तुलना भारत से नहीं की जा सकती। पेरिस तो भारत के लिए एक सपना है। मुझे वहां जिसने सबसे ज़्यादा आकर्षित किया, वह था, लेखकों और कलाकारों का सम्मान। वहां का हर प्रसिद्ध लेखक और कलाकार जनता से भली भांति परिचित है। जनता भी उनको पूरा सम्मान देती है।

मरसीडीज़ एक लड़की है!

पेरिस से फ्रेंकफर्ट वापस लौटा था कि विंजेज रूडोल्फ से भेंट हो जाएगी। यहां आने पर पता चला, वह छुट्टियां मनाने स्पेन चला गया है और उसने एक नई मरसीडीज़ कार खरीद ली है। मरसीडीज़ दुनिया भर में अच्छी कारों में से मानी जाती है। इसके नाम की एक दिलचस्प कहानी है। असल में मरसीडीज़ नाम की एक लड़की थी। बेंज उसके पिता का नाम था। वह इकलौती संतान थी, और यद्यपि थोड़े दिनों में ही वह घर छोड़ गई, उसका नाम अमर हो गया। जर्मनी की कारों में फोक्स वेगन खूब प्रचलित है। यह कई डिज़ाइनों में बनती है। फोक्स वेगन का सबसे नया डिज़ाइन फोर्ड कार की तरह है।

जर्मनी के लोग मनमौजी होते हैं। रूडोल्फ कहां तो गार्जियन की तरह मेरी रखवाली कर रहा था और कहां अचानक स्पेन चला गया। वहां मिले मुझे डा० इन्द्रप्रकाश पाण्डे। पहले उनसे मिला था और मैंने वचन दिया था कि मैं उनके यहां ठहरूंगा। तीन-चार दिन उनके यहां व्यतीत कर सुख मिला। पाण्डेजी जब बम्बई में लेक्चरर थे तब, और अब जब फ्रेंकफर्ट में हैं तब—दोनों स्थितियों में अंतर है। उनका स्वास्थ्य भी बदल गया है। वे फ्रेंकफर्ट विश्वविद्यालय में इंडोलॉजी विभाग में पढ़ाते हैं।

जर्मनी की सुख-समृद्धि से आदमी सुखी है तो त्रस्त भी। मशीनों के बावजूद फूलों के प्रति उनका जितना मोह है, हमारा नहीं है। लंदन में तो मुझे पता लगा था कि फूल तोड़ने वाले को पुलिस पकड़ लेती है और जुर्माना कर देती है। वहां और पूरे यूरोप में 'नौकर' नाम की कोई चीज़ तो है नहीं। आदमी बचे समय में अपने हाथ से फूल या सब्ज़ियां लगाता है। निश्चय ही किसी और को तोड़ने का अधिकार नहीं है। इसलिए इंग्लैंड में और जर्मनी में भी अंगूरों से लेकर सब्ज़ियां तक के सारे बाग खुले होते हैं। कितनी बार मैंने लाल पके टमाटर देखे हैं और मुझे लगा है, यदि भारत होता तो शायद ये पौधे तक न बचते। श्रम की यहां कीमत है। कई जगह तो लोगों ने अपने घर अपने हाथों से बनाए हैं। पता चला कि मज़दूरी इतनी ज़्यादा है कि वही घर यदि स्वयं

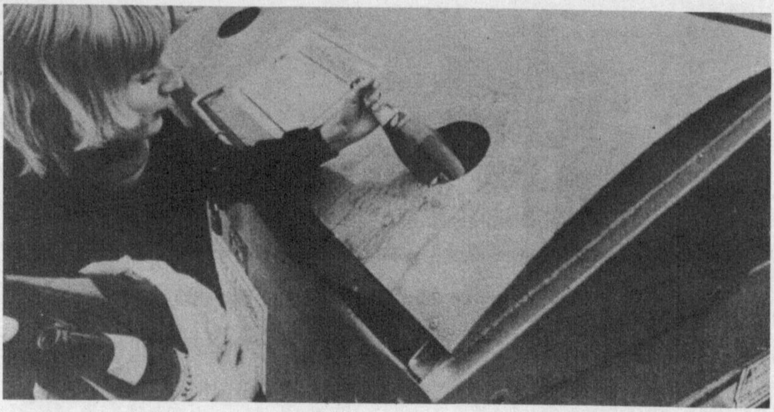

पश्चिम जर्मनी में खाली बोतलें इकट्ठी करके उनका कांच पिघला कर कांच का सामान बनाने में फिर-फिर उपयोग किया जाता है

पश्चिम जर्मनी में प्रदूषण रोकने के लिए काम करती हुई बड़ी मशीनें

बोन (10 जर्मनी) में राइन नदी जिसकी सफाई सबसे बड़ी समस्या बन गई

डुसौलड्राफ (प० जर्मनी) : के पास क्लोन

डेनमार्क में : एक सेक्स शॉप के सामने खड़ा लेखक

डेनमार्क में : प्रसिद्ध मरमेड की मूर्ति

डेनमार्क स्टेशन के पास का रंगीन बाज़ार

स्टाकहोम : नोबल पुरस्कार प्रदान करने वाली स्वीडिश अकादमी

हालैण्ड में : एमस्टर्डम : नहर में नाव पर विंडो शापिंग का अपना मज़ा है

लेखक नाव में : एमस्टर्डम की सैर

नार्वे में : रात्ति 10 बजे ट्रानढेम स्टेशन के सामने सूरज सीधा पड़ रहा है

ओसलो (नार्वे) की खजुराहो को मात देने वाली मूर्तियां

इंगलैंड के महान नाटककार शेक्सपीयर का जन्म स्थान

लंदन के वेस्ट एण्ड में स्थित पिकैडिली सर्कस में मनोरंजन केन्द्र तथा मिलन-स्थल

इंगलैंड की महारानी का निवास बंकिंघम पैलेस

बनाया ज़ाए तो लागत एक-चौथाई आएगी, यानी तीन-चौथाई राशि मात्र मज़दूरी में जाती है।

इन्द्रप्रकाशजी का घर साफ और खूबसूरत है। भारत के चित्र और हस्तकलाओं की वस्तुएं उन्होंने लगा रखी हैं। सामने घास के खुले लॉन हैं और थोड़ी दूरी पर गंधक के पानी का झरना। फ्रेंकफर्ट शहर उनके घर से आध घंटे का रास्ता है। भीड़ तो वैसे भी जर्मनी में नहीं है, यह स्थान अपेक्षाकृत काफी शांत है।

जर्मनी में सुविधा यह है कि किसी भी देश को सीधे डायल कर फोन किया जा सकता है। वहां से हॉलैंड (लायडन) फोन किया तो पता चला, मित्र डॉ० मोहन गौतम मेरी प्रतीक्षा कर रहे हैं।

इस बार हॉलैंड मैंने रेल से जाना ठीक समझा। वहां की रेलें विशेष और आरामदेह हैं। उनका भी अनुभव हो जाएगा। मोहन गौतम लायडन स्टेशन पर ही मिल गए। यहां यह बता देना ज़रूरी है कि डॉ० मोहन गौतम लखनऊ के डॉ० गौतम के भाई हैं, जिनकी हत्या शमीम रहमानी ने कर दी थी।

समन्दर के भीतर एक समूचा देश

दोपहर को घने बादल उतर आए थे। लगभग तीन महीने यूरोप घूमते हुए मैं देख रहा था कि वहां धीरे-धीरे मौसम बदल रहा है। लोग अकसर कहते हुए सुने जाते थे, 'बैड डेज़ आर अहेड' (अब बुरे दिन आने वाले हैं)। बार-बार पानी गिरना इसका प्रतीक है। हॉलैंड वैसे भी अन्य भागों से ठंडा है। यहां दिन-रात तेज़ हवाएं चलती रहती हैं। वास्तव में इस देश का निर्माण समन्दर के भीतर किया गया है। समन्दर के पानी को सुखाकर एक ऊंची पट्टी से बांध की तरह उसे बांध दिया गया है। नीचे की ज़मीन धीरे-धीरे सूख गई और उसीमें हॉलैंड बसा है। एमरस्टरडम हॉलैंड की राजधानी है, लेकिन यहां का हवाई अड्डा समुद्र की सतह से 15 फुट नीचे है। यही स्थिति शहर की है और लायडन की भी। इसीलिए समुद्री हवाएं बेखटके यहां आवारा बहती हैं।

हॉलैंड बहुत छोटा-सा देश है, लेकिन नितांत खूबसूरत है। आज भी वहां पवन-चक्कियां हैं। चार पंखों वाली ये चक्कियां स्वाभाविक हवा के दबाव से चलती हैं और इनसे लकड़ी चीरने के अनेक कारखाने चलाए जाते हैं। पूरे यूरोप में हॉलैंड ही ऐसा देश है, जो पवन-चक्कियों के लिए विख्यात है।

उस शाम एक रिकॉर्ड बज रहा था—'वर्जिन सेकरी फाइस'। वह रिकॉर्ड लगाकर खुश थी। सोलह वर्ष की एक लड़की का 1900 साल पहले गला घोंट दिया गया था। वह बेहद खूबसूरत थी और विंडवाई में रहती थी। (विंडवाई हैम्बुर्ग के ऊपर डेनमार्क की सीमा पर स्थित एक छोटा शहर है।) इस लड़की का शव अब भी जर्मनी के एक संग्रहालय में सुरक्षित है। उसके आधे बाल उस्तरे से बना दिए गए हैं। उसके बाल क्यों बनाए गए, उसकी हत्या क्यों की गई और उसके साथ बलात्कार कैसे किया गया—यही 'वर्जिन सेकरी फाइस' की थीम है। यूरोप के बांसुरीवादक क्रिस हिंजा ने बांसुरी और अन्य धुनों के सहारे विंडवाई की इस लड़की की समूची कहानी क्लासिकल म्यूज़िक में व्यक्त की है। कब्र की ओर शिथिल कदमों से चलना। स्वरों के लोच। प्रेम का संगीतमय अंकन और अंत में मंद स्वरों में करुणा की झलक।

क्रिस हिंजा—एक क्रेज़

हॉलैंड की युवा पीढ़ी में क्रिस हिंजा एक 'क्रेज़' है। क्रिस के ग्रुप में ग्रेनी ब्राउन, जॉन ली, विम स्टाविक इत्यादि पांच-छ: व्यक्ति हैं। वह इन सारे नामों के लिए पागल थी, वह यानी बरगेटो। युवा बरगेटो अभी विश्वविद्यालय में पढ़ती है। हॉलैंड की अन्य युवतियों की तरह वह भी सुडौल, ऊंची और सुन्दर है। पैंट पहनकर उसके ऊपर घुटने तक चमड़े के जूते पहनना यहां की लड़कियों की आम ड्रेस है।

हॉलैंड की युवा पीढ़ी यूरोप के अन्य हिस्सों की तुलना में अधिक शिष्ट है।

डॉ० गौतम और उनकी हॉलैंडियन पत्नी श्रीमती मिके को पक्षी और कुत्ते

पालने का शौक है। पिंजरे में तोता, दीवार पर काला चूहा, खरगोश, कछुआ और मछलियां, ये सब उन्होंने पाल रखे हैं। घरों के भीतर गमलों में हरी पत्तियों और फूल वाले पौधे हॉलैंड के लिए आम बात है। इसी तरह कुत्ते से प्यार समूचे यूरोप और इंग्लैंड तक फैला है। कुत्ते बस, रेल या विमान पर चल सकते हैं। वे बड़े से बड़े रेस्तरां में ले जाए जा सकते हैं। कई जगह स्त्रियां उन्हें अपने साथ सुलाती हैं। कुत्तों की जितनी चिन्ता यहां की जाती है, काश! भारत में आदमी को एक अंश तक भी पूछा जाता तो काफी है।

लायडन में बहुत बड़ा विश्वविद्यालय है—कर्न यूनीवर्सिटी। यहां इंडोलॉजी विभाग है। उसके अध्यक्ष डॉ० स्खाकर से मिलकर और हिन्दी में बात कर अच्छा लगा। वे धाराप्रवाह हिंदी बोलते हैं। उनके साथ ही संस्कृत विभाग के प्रो० स्मिथ और इतिहास विभाग के प्रो० एस्थमान मिले। इन तीनों को हिंदी आती है। आधुनिक हिंदी साहित्य के प्रति उनमें अपार जिज्ञासा है। भारत के प्रति यहां के लोगों के मन में घृणा नहीं है, वे 'तीसरी दुनिया के देश भारत को सम्मान की दृष्टि से देखते हैं। उनका विश्वास है कि अपने सांस्कृतिक और साहित्यिक मूल्यों के कारण भारत ऊपर उठेगा।

कर्न विश्वविद्यालय में 'स्वतंत्रता के बाद का हिंदी-कथा साहित्य' संबंधी मेरा भाषण ध्यान से सुना गया। उसे उन्होंने टेपरिकॉर्ड कर विद्यार्थियों को पढ़ाने के लिए सुरक्षित रख लिया है।

एक शाम डॉ० स्मिथ ने अपने घर भोज दिया और एक दोपहर डॉ० स्खाकर ने एक होटल में दावत दी। शराब पीना है तो चाहे दिन हो या रात, कैंडल लाइट जलाना आवश्यक है। बिना उसके शराब नहीं पी जा सकती। शराब में वाइन और वोडका का प्रचार यहां अधिक है।

डॉ० गौतम की पत्नी मिके लायडन के एक अस्पताल में काम करती हैं। हृदय और किडनी के लिए वह सारे यूरोप में सबसे बड़ा केन्द्र है। दक्षिण अफ्रीका के विश्वविख्यात सर्जन डॉ० क्रिश्चियन बर्नार्ड इसी अस्पताल की उपज हैं। बहुत वर्षों तक उन्होंने यहां काम किया है। यहां के डॉक्टर अब भी यह दावा करते हैं कि यदि सांस रहते हुए कोई हृदय रोगी यहां किसी

तरह पहुंच जाए तो मर नहीं सकता। मिके ने अस्पताल का वह कक्ष दिखाया, जहां दर्जनों हृदय कांच में बंद सुरक्षित रखे गए हैं। बिजली से वे चलते हैं। उनकी धड़कनें आंखों से देखी जा सकती हैं। ये सब प्रत्यारोपण के लिए तैयार हैं। उन्हें देखकर हृदय के बारे में मेरे मन में जो नाज़ुक धारणा थी, हिल उठी। जब आदमी के चरण चांद में पहुंचे थे तो चांद के प्रति सारी परम्परागत आस्थाएं डगमगा उठी थीं, यहां इतने हृदय एकसाथ देखकर लगा, आदमी का पूरा शरीर मात्र एक मशीन है।

अस्पताल के ऊपर हैलीकोप्टर-बेस है। यूरोप में कहीं कोई मरता है तो उसका हृदय यहां लाकर सुरक्षित रख दिया जाता है। इसी तरह कोई बीमार होता है तो उसे तत्काल हैलीकोप्टर से यहां भेज दिया जाता है। वैसे जर्मनी और फ्रांस में हृदय-प्रत्यारोपण होते हैं, परन्तु लायडन ने इसमें विशेषता प्राप्त कर रखी है। हृदय की तरह किडनी या गुर्दे का प्रत्यारोपण भी यहां होता है और उसमें भी डॉक्टरों ने बहुत सफलता पाई है।

विंडो शॉपिंग का मज़ा!

लायडन से एमरस्टरडम आध घंटे की कार-यात्रा है। रविवार का दिन था। डॉ० गौतम, श्रीमती मिके मेरे साथ एमरस्टरडम गए थे। यह शहर नहरों और फूलों का शहर है। पुरानी ऐतिहासिक इमारतें हैं। शहर नये और पुराने दो भागों में विभाजित है। बीच में बहुत बड़ी खूबसूरत नहर है, जो समन्दर से जाकर मिलती है। नाव में बैठकर नहर से शहर को देखने का अपना मज़ा है। नहर के दोनों ओर फूलों की बहार है। यहां का ट्यूलिप दुनिया भर में फैल गया है। ट्यूलिप कई रंगों का होता है और सहसा नज़रों को पकड़ लेता है। यहां के लोग फूलों से बेहद प्यार करते हैं।

नहर के साथ ही 'विंडो शॉपिंग सेंटर' है। दुनिया में ऐसी जगह शायद ही कहीं होगी। सामने बहुत बड़ा कांच लगा होता है, उसके पीछे खूबसूरत लड़कियां अर्द्धनग्न अवस्था में कुरसियों में बैठी रहती हैं। अवकाश के समय जिस तरह लोग यूरोप की सजी हुई दुकानें और उनमें बने स्त्री-पुरुषों के पुतले देखा करते हैं, यहां जीवित और जाग्रत् लड़कियां देखी जा सकती हैं।

बाहर उनका मूल्य लिखा होता है, जो 35 से लेकर 50 गिलडर तक है। ये नाज़ुक और खूबसूरत लड़कियां सेक्स का व्यापार करती हैं। आश्चर्य यह है कि इसके बावजूद समाज में उन्हें नीची दृष्टि से नहीं देखा जाता। उनके लिए भी सम्मानप्रद स्थान है। लड़कियां शिष्ट, मधुरभाषी और धड़ल्ले से अंगरेज़ी बोलती हैं।

एमरस्टरडम उत्तरी यूरोप का सबसे खूबसूरत शहर कहा जा सकता है। यहां सैकड़ों तरह का पनीर और मक्खन बनता है। विश्वविख्यात फिलिप्स-कम्पनी का मुख्य केंद्र यहीं है, लेकिन जर्मनी की तरह इसका 'भयानक औद्योगीकरण' नहीं हुआ, इसीलिए यहां के लोगों में मानवता के प्रति प्रेम और प्रकृति के साथ लगाव बहुत है।

एमरस्टरडम का हवाई अड्डा सामान खरीदने के लिए दुनिया के हवाई अड्डों में सबसे सस्ता है। हर तरह का सामान यहां मिलता है। एक भरा-पूरा बाजार विमान-तल पर है।

एमरस्टरडम के पास ही हेग है। यह डच सत्ता का केन्द्र है, यानी राजधानी यही है। यहीं पर अन्तर्राष्ट्रीय न्यायालय है। न्यायालय की इमारत पुराने पत्थरों से बनी है और सामान्य होते हुए भी आकर्षक है। हेग में ही पुराने राजमहल हैं, जिनमें रंग-बिरंगे फव्वारों का सौन्दर्य इन्द्रधनुष बनाता हुआ अपनी तरफ खींचता है। राजमहल काले पत्थरों का है और काफी बड़ा है। आज भी वहां की रानी महल के एक कोने में रहती हैं। उन दिनों वे देश के बाहर थीं।

भारतीय दूतावास और अन्य राजनैतिक केन्द्र हेग के पास ही है। भारतीय राजदूत श्री वाजपेयी से एक समारोह में हमारी भेंट हुई थी। उस समारोह में भारतीय एकत्रित हुए थे। अनेक विद्यार्थी थे, जो सोशियालॉजी-विभाग में पढ़ने के लिए वहां आते हैं। एकसाथ इतने भारतीयों को देखकर भारत की याद आ गई थी। भारत से गए तीन महीने हो रहे थे और एक ऊब-सी लगने लगी थी। अपने देश को दूर से या बाहर रहकर अधिक अच्छी तरह जाना जा सकता है, तब अपने देश की मिट्टी, उस मिट्टी की गंध और वहां के लोग सही अर्थों में पहचाने जाते हैं। अगाध वैभव और चमक-दमक के रहते हुए भी कहीं कुछ है, जो खो गया है। खो जाने का भान ही देश-प्रेम

है। वे भारतीय, जो वहां बस गए हैं, वे भी भारत की याद किए बिना नहीं रह सकते।

हॉलैंड में सूरीनामी भारतीय बहुत हैं। अब सूरीनाम स्वतंत्र हो गया है। जिन दिनों मैं हॉलैंड में था, उन्हें स्वतंत्रता देने के लिए तैयारियां हो रही थीं। हॉलैंड में बहुत सूरीनामी हैं। उन्हें भय था, देश आज़ाद होते ही उन्हें हॉलैंड छोड़कर सूरीनाम जाना होगा। सूरीनाम हॉलैंड से बहुत दूर है (शायद भारत पास है), तब भी वहां नीदरलैंड-निवासियों का शासन है। पहले हॉलैंड और बेलजियम दोनों देश एक थे। तब उन्हें नीदरलैंड कहा जाता था, अब दोनों देश अलग हैं, परन्तु नाम अब भी वही है, यानी नीदरलैंड। कई मामलों में दोनों देश एक-दूसरे पर आश्रित हैं। यहां तक कि यदि आपने किसी एक देश का वीसा ले लिया है तो वह दूसरे देश में भी चलता है। वीसा के नियम यहां सख्त हैं। जर्मनी की तरह यहां के द्वार खुले नहीं हैं। बिना वीसा लिए इस देश में आना मुश्किल है। वीसा स्विट्ज़रलैंड में भी भली प्रकार देखा-जांचा जाता है। सम्भवतः प्रवासियों के अधिक आकर बसने की आशंका ने इस कदम को उठाने के लिए उन्हें मजबूर किया है। प्रवासियों की समस्या देखनी है तो इंग्लैंड को देखी जा सकती है, जहां हर नज़र पर एक भारतीय दिखाई दे जाएगा। साउथ हॉल नाम से तो एक पूरा क्षेत्र बस गया है, जो 'मिनी भारत' है। वहां उसी तरह पंजाबियों और सरदारों के घर, चाट की दुकानें और बाहर सूखते कपड़े देखे जा सकते हैं।

दूसरे दर्जे की ज़िंदगी

विदेशों में श्रम की प्रतिष्ठा है। लंदन के हीथरो हवाई अड्डे पर मैंने नवविवाहित पंजाबी लड़कियों को झाड़ू लगाते और सफाई करते देखा है। प्रायः हर काउण्टर पर भारतीय हैं। अपने देश में छुईमुई होने वाली ये कमसिन लड़कियां विदेशों में जाकर हर तरह के काम करती हैं और भारत आकर बताती हैं कि वे एयरपोर्ट में कर्मचारी हैं। इसी तरह यहां से गए दूसरे लोग भी या तो क्लर्क हैं या शिक्षक। आमदनी भले काफी हो, सब दूसरे दर्जे की ज़िंदगी जीते हैं। बहुत लोगों ने तो विदेशी लड़कियों से वहीं

शादी कर ली है और उनके परिवार तथा परिचय के साथ वे जीवित रहते हैं। इसलिए जब कोई भारतीय मित्र वहां पहुंचता है, तो उसे जैसे वे पकड़ लेना चाहते हैं।

एक बात और। यूरोप के प्रेम और परिवार की एक गलत तसवीर प्रवासी मित्र भारत आकर प्रस्तुत करते हैं। एक तो यहां के लोग, वे स्त्री हो या पुरुष, पांच दिन जी तोड़ मेहनत करते हैं। दो दिन उन्हें घर की सफाई, कपड़ों की देखभाल आदि के लिए मिलते हैं। बीच में वे छुट्टियां इकट्ठा करते जाते हैं और फिर कुछ दिनों के लिए सैर को निकल पड़ते हैं। परिवार का प्रत्येक व्यक्ति छः बजे शाम घर होता है। वे सब मिलकर एकसाथ भोजन करते हैं। भोजन करने के बाद फिर बहुत रात तक वे 'वाइन' या 'बीयर' पीते रहते हैं। युवा लड़के और लड़कियों में यौन की छूट है। विश्वविद्यालय या स्कूलों में ही उनके प्रेम और सेक्स-संबंध शुरू हो जाते हैं। सेक्स की शिक्षा उनके पाठ्यक्रम का एक अंश है।

यूरोप के हर शहर में, चाहे वह छोटा हो या बड़ा, 'सेक्स-शॉप' हैं, इनमें नग्न चित्रों वाली पत्रिकाओं से लेकर पुरुष-स्त्रियों के उपभोग की अन्य चीज़ें मिलती हैं। ब्लू फिल्में हर जगह आसानी से देखी जा सकती हैं। कुल मिलाकर वहां सेक्स कोई अजूबा चीज़ नहीं है और न भारत की तरह 'छोड़ दो आंचल' में उलझा हुआ है। इसका परिणाम यह हुआ है कि वहां के लोगों के मन यहां-वहां भटकते नहीं और स्त्री-पुरुष दोनों बराबरी से मन लगाकर काम करते हैं। जहां सेक्स इतना खुला हो, वहां भारत से जो तसवीर और पाने की जो आकांक्षा लेकर जो व्यक्ति जाते हैं, निराश ही होते हैं। फिर अपनी निराशा को छिपाकर यहां आकर वे किस्से सुनाते हैं।

समूचा यूरोप भारत से इतना भिन्न है कि जोड़ने वाला एक बारीक तन्तु भी नहीं मिलता। वह अत्यधिक विकसित दुनिया है, जहां आदमी ने अपने श्रम से वह सब पा लिया है, जिसकी उसे आवश्यकता थी। इस अर्थ में उसने खोया भी बहुत है, वह है उसके भीतर का आदमी। अब वह उस आदमी की तलाश में है। भारत 'आदमी' से परेशान है, वह अपने-आपसे अकेला नहीं, बहुत बड़ा भार ऊपर ओढ़कर निरंतर संघर्षशील है। उसके भीतर एक बड़ी

छटपटाहट है, वह जीवन-यापन की सामान्य आवश्यकताओं को पाने के लिए अपने भीतर के आदमी की भी बलि दे सकता है।

वास्तव में एशिया और यूरोप सभ्यता के दो छोर हैं—जब तक समय किसी जगह आकर नहीं ठहर जाता, दोनों की दूरी बढ़ती रहेगी।

मैं जब भारत से चला था, एयर इंडिया का विमान तीन घंटे लेट था। एमरस्टरडम से जब मैं भारत के लिए लौटने लगा तो एयर इंडिया का जम्बो चार घंटे देर से चला। देर से भले चला हो, लेकिन सुविधा की दृष्टि से एयर इंडिया की सेवाएं सराहनीय हैं। इससे बेहतर सेवा मुझे ब्रिटिश एयरवेज़ में ही मिली थी। बाकी विमानों में वह एयर इंडिया से पीछे हैं। मुझे प्रसन्नता थी, मेरा देश कहीं तो आगे है।

मशीनी आदमो और ताज़ा हवाएं

'ब्लैक फॉरेस्ट' या 'काला पहाड़' से गुज़रते हुए सब कुछ सुंदर लग रहा था। हलका पानी गिर गया था तो वृक्ष भीगे थे और तारकोल की सीधी सपाट सड़क धुल गई थी। हमारा गाइड एक चुस्त युवक था। मैं बार-बार 'काला पहाड़' को देख रहा था—कीफर के सीधे खड़े घने वृक्ष और स्वच्छंद घूमते हिरन। भारत में 'काला पहाड़' भय का प्रतीक है। बचपन में मैंने कहानी सुनी थी, वह एक डाकू था और आज भी बुंदेलखंड की मांएं अपने बच्चों को चुप करने के लिए 'काला पहाड़' का नाम लेती हैं। वे संस्कार मेरे मस्तिष्क से अभी तक जा नहीं सके, लेकिन यहां किसी डाकू का किस्सा नहीं था। गाइड हंसते हुए बता रहा था कि ये वक्ष इतने घने हैं कि नीचे अंधेरा रहता है और दूर से वे एकदम काले दिखाई देते हैं। 'काला पहाड़' काफी लंबा है और दूर-दूर तक फैला है।

निजी उद्योगों को महत्त्व

जर्मनी में निजी उद्योगों और व्यक्तिगत स्वतंत्रता को बहत महत्त्व दिया जाता है। यहां के पहाड़ों का कौन-सा हिस्सा सरकारी है, कौन-सा निजी—कहना मुश्किल है। कुल मिलाकर 40 प्रतिशत पहाड़ निजी व्यक्तियों के हैं। वही वृक्ष लगाते हैं और सारी पर्वतीय संपत्ति के अधिकारी होते हैं। इस प्रसंग में एक मज़ेदार बात सुनने को मिली—यदि जंगल के हिरन किसीका खेत चर जाएं तो जंगल के मालिक को खेत के मालिक के लिए हरजाना देना होता है।

'काला पहाड़' जर्मनी के इस हिस्से में विख्यात है। स्टुटगार्ड से सौ किलोमीटर का समूचा रास्ता दूर-दूर तक फैली पर्वत-श्रृंखलाओं, पुराने किलों, चर्चों और छोटे-छोटे सुंदर मकानों के किनारे से गुज़रता है। रास्ते में 'पब' हैं। केन नदी सड़क को काटती है और उसीके बाद होहेन सोलंग का किला है। यह किला जोलर ब्रिक से थोड़ा आगे है। सन् 1820 में इसे बनाया गया था।

स्टुटगार्ड से आगे का पूरा रास्ता ही जैसे एक सरकती हुई सीढ़ी है। स्टुटगार्ड औद्योगिक शहर है और ऊंचाई पर बसा हुआ है। यहां अंतराष्ट्रीय हवाई अड्डा है और यह शहर प्रिंटिंग मशीनरी के लिए विख्यात है। बहुत-से कारखाने हैं, जहां प्रिंटिंग-मशीनें बनाई जाती हैं। एक समय था, जब जर्मनी में रूस का राज्य था। आज भी 18वीं सदी का बड़ा भारी किला प्रमाणस्वरूप देखा जा सकता है। अब यह किला भी निजी संपत्ति है। जर्मनी की यह भी अपनी एक विशेषता है कि पुराने किलों और स्मारकों को वहां का कोई भी नागरिक खरीद सकता है। उसकी ज़िम्मेदारी इतनी ही है कि उसे मूल किला सुरक्षित रखना होता है और जनता के लिए उसे खुला रखना पड़ता है।

नैसर्गिक सौंदर्य से भरपूर

कोंसटाज जाते हुए रास्ते में बेबन हाउजिंग का पुराना किला, मानेस्ट्री

और चर्च देखना इतिहास के पन्ने पलटना है। प्रथम महायुद्ध के बाद इसी मानेस्ट्री में पहली राजनीतिक सभा हुई थी। तब रूस की महारानी यहीं रहती थीं। कोंसटाज उनका प्रिय विश्राम-स्थल था। वैसे भी स्टुटगार्ड से कोंसटाज तक की सारी सड़क नैसर्गिक सौंदर्य से भरी है। केन नदी नौर स्वेबियन जरा की पहाड़ियों से तेज़ रफ्तार की जर्मनी मरसीडीज़ कार से गुज़रना आंखों में पानी की तरंगों की तरह लहरें पैदा करना है।

राइन : प्रदूषण का शिकार

कोंसटाज पुराना शहर है, लेकिन इसकी वास्तविक प्रसिद्धि अपनी विशाल झील के कारण है। यह एक स्वाभाविक झील है और इसमें आधा पानी राइन नदी से आता है। बाकी पानी सहायक नदियों से मिलता है। यहां राइन नदी को देखने का अपना सुख है। वह स्विट्ज़रलैंड की तरफ से आकर पूर्व में कोंसटाज झील में समा जाती है और फिर पश्चिम में उसी झील से वह बाहर निकल जाती है। कोंसटाज' झील तीन देशों की संपत्ति है—उसका 80 किलोमीटर भाग स्विट्ज़रलैंड में है, 20 किलोमीटर आस्ट्रिया में और 160 किलोमीटर जर्मनी में। इतनी विशाल झील का पानी प्रदूषण का शिकार है। पानी में फासफोरस की मात्रा काफी अधिक है। सन् 1961 से लेकर सन् 1972 तक निरंतर ग्यारह वर्ष इस झील की सफाई की जाती रही और तीनों देशों ने इसपर दस अरब मार्क से अधिक राशि भी खर्च कर डाली है, परन्तु फासफोरस कम नहीं होता। आगे चलकर समूची राइन नदी ही प्रदूषण का शिकार हो गई है और इतनी विशाल नदी का पानी केवल जहाज़ों द्वारा व्यापार और कारखानों को पानी देने के काम आता है। अत्यधिक औद्योगिकता ने राइन नदी की स्वच्छता को समाप्त कर दिया है और पश्चिमी जर्मनी की सरकार दिन-रात इसके लिए चितित है। परेशानी उन्हें यही है कि राइन अनेक देशों में होकर गुज़रती है।

कोंसटाज के किनारे इनसेल होटल में हम ठहरे थे। इनसेल होटल का भी अपना इतिहास है। काउंट फरडीनेंड जेपलीन का जन्म सन् 1838 में इसी स्थान पर हुआ था। होटल के कमरे अब भी उन शानदार शाही दिनों की

कहानी कहते हैं। दीवारों पर पुरानी पेंटिंग हैं और समूचा होटल ठीक झील से लगा हुआ है। झील का वही हिस्सा स्वीमिंग पूल के काम में आता है। गुलाब और दूसरे फूलों से चारों ओर का सौंदर्य निखर उठा है।

कोंसटाज छोटा शहर होते हुए भी वनस्पति और मत्स्य-शोध के लिए बनाए गए विश्वविद्यालयों का केंद्र है। झील मत्स्य-शोध का सबसे आसान साधन है, इसलिए 'काला पहाड़' में स्थित विश्वविद्यालय को यहां स्थानांतरित किया गया है। विश्वविद्यालय में स्नातकोत्तर शिक्षा के बाद रिसर्च की व्यवस्था है।

वह शाम मुझे आज भी याद है। विश्वविद्यालय के प्रोफेसर अपने छोटे जहाज़ में हमें झील पर ले गए थे। जहाज़ में शोध की सुविधा के सारे यंत्र लगे हैं। उन्होंने 40 फुट नीचे लोहे का भार डालकर झील का पानी निकाला था। वह एकदम साफ पानी था और जब हमने उसे पिया तब लगा, जैसे रेफरीज़रेटर का ठंडा पानी हम पी रहे हैं। आश्चर्य यही था कि जो झील ऊपर से फासफोरस की अधिकता के कारण दूषित है, गहरे जाकर उसीका पानी साफ और पीने योग्य है।

सैलानियों का स्वर्ग

कोंसटाज सैलानियों का स्वर्ग है। गोल्फ और वोटरबोट से लेकर 'पब' और रंगीन रातों की खासी व्यवस्था है। झील के किनारे कसीनो भी है और मीर्सबर्ग का प्राचीन किला भी है। जर्मन भाषा में बर्ग का अर्थ पहाड़ होता है।

कोंसटाज का सौंदर्य स्विट्ज़रलैंड ने भी बढ़ाया है। शहर में घूमते हुए अचानक सीमा आ जाती है। वहां पहुंचकर पता चलता है, स्विट्ज़रलैंड शुरू हो रहा है—वह शहर है क्रुजलिंगन। इस पार जर्मनी—उस पार स्विट्ज़रलैंड। हमने क्रुजलिंगन भी देखा और यह समझ में नहीं आया कि बनावटी सीमा-रेखा के सिवा वहां और क्या अंतर है। जर्मनी का सिक्का मार्क वहां भी धड़ल्ले से चलता है।

कोंसटाज का दूसरा बड़ा आकर्षण माइनो द्वीप है। सुबह नाश्ता करने

के बाद अपने गाइड श्री बरगेर के साथ हम माइनो पहुंचे। हमारा स्वागत किया एक छरहरी और खूबसूरत लड़की ने। पता चला, वे काउंटेस हैं। उनके दो सुंदर बच्चे थे। पति ने उन्हें तलाक दे दिया है और वे न्यूरेमबर्ग में रहते हैं। काउंटेस अपने श्वसुर काउंट के साथ रहती हैं और प्रचार-प्रसार का सारा काम देखती हैं। काउंट उन दिनों माइनो द्वीप में नहीं थे। वे अपनी दूसरी पत्नी सोनिया के साथ छुट्टी व्यतीत कर रहे थे। काउंट स्वीडन के मूल निवासी हैं।

काउंटेस के साथ उनके गार्डनर मायर भी थे। मायर बहुत घूमे-फिरे व्यक्ति हैं और भारत भी आ चुके हैं। उनका काम ही है दुनिया भर के पौधों को एकत्रित करना।

माइनो द्वीप : ऐतिहासिक तथ्य

माइनो द्वीप सौंदर्य का स्रोत है। कहा जाता है, सन् 800 में चार्ल्स ग्रेट ने इस द्वीप को बनवाया था, लेकिन वहां कोई रहता नहीं था। बाद में डच सामंत ने उसपर कब्ज़ा कर लिया और सन् 1805 तक वे आराम से वहां रहते रहे। उन्होंने वहां एक किला भी बनवाया। इसके बाद स्वीडन और जर्मनी के बीच निरंतर 30 वर्ष तक चलते रहे युद्ध का शिकार यह द्वीप भी हुआ। स्वीडन की फौजों ने जर्मनी पर कब्ज़ा कर लिया था, यह द्वीप भी उन्हीं के अधिकार में रहा। आज भी माइनो लगभग स्वीडिश समझा जाता है, यद्यपि अब यहां के काउंट पश्चिमी जर्मनीस रकार के संरक्षण में हैं।

माइनो द्वीप में एक शाही किला और एक चर्च है। यह किला सन् 1739 में काउंट बगनेटो ने बनवाया था। मृत्यु के बाद उसे इसी किले के चर्च में दफनाया गया। इतिहास आगे बढ़ता रहा और अंत में सन् 1930 में अपनी आजी (ग्रैंड मदर) क्वीन विक्टोरिया ऑव स्वीडन से काउंट लेनट बरनाटोड ने यह द्वीप उत्तराधिकार में प्राप्त किया। आज का माइनो काउंट लेनट की देन है। उन्होंने यहां एक विशाल बॉटेनिकल गार्डन बनवाया और 1,300 किस्म के वृक्ष लगवाए। दुनिया भर के दुर्लभ वृक्ष और पौधे यहां पर हैं। भारत में होनेवाले केले के वृक्ष समूचे जर्मनी में यहीं देखने को मिले। यह द्वीप समुद्र

की सतह से 400 मीटर ऊंचा है और आल्प्स पर्वत के उत्तर में है। द्वीप का क्षेत्रफल 44 हेक्टेयर है। समूचे द्वीप का सौंदर्य झील के कारण निखर उठा है और लगता है, जैसे भूमध्यसागर के किनारे कोई जहाज़ अचानक आकर लग गया है।

मुख्य आकर्षण : फूलों का बाग

वास्तव में माइनो का सबसे बड़ा आकर्षण उसका बाग है। सीढ़ियों जैसी सतहों में डेलिया, टयलिप और गुलाब से लेकर गेंदा तक के फूल देखे जा सकते हैं। गुलाबों की यहां एक हज़ार से भी ज़्यादा किस्में हैं। इसी तरह 800 तरह के डेलिया हैं और उतने ही तरह के ट्यूलिप। ताड़ के वृक्षों से तो किला ही घिरा हुआ है। 'मेथा सिकोया' के वृक्ष संभवतः समूचे यूरोप में यहां ही मिलते हैं। सन् 1948 में पहला वृक्ष लगाया गया था। अब वह 50 मीटर ऊंचा और 33 मीटर चौड़ा है। चीन से लेकर अफ्रीका, भारत और उत्तर तथा दक्षिण ध्रुव प्रदेशों के आसपास पाए जानेवाले वृक्ष भी यहां देखे जा सकते हैं। समूचे बाग का लेआउट इतना आकर्षक है कि दर्शकों की आंखें फटी रह जाती हैं। श्री मायर और काउंटेस बरलीना ने बाग का कोना-कोना हमें दिखाया। लॉन पर बना कैलेंडर और धूप-घड़ी दर्शकों को विशेष आकर्षित करते हैं।

माइनो का किला अपनी शाही परंपरा के लिए विख्यात है। अब राजसत्ता वहां भी नहीं है और पूरा द्वीप सार्वजनिक ट्रस्ट के रूप में काम करता है, किंतु सामंतशाही के खंडहर अब भी वहां शेष हैं।

माइनो के कारण कोंसटाज का आकर्षण और बढ़ गया है, यद्यपि इस द्वीप में कोई यात्री रात नहीं बिता सकता, क्योंकि वहां कोई होटल नहीं है। एक कैफेटेरिया है, जहां भोजन अवश्य मिलता है। द्वीप में रहते ही कुल सौ व्यक्ति हैं, जिनमें अधिकांश किले के कर्मचारी हैं।

पश्चिमी जर्मनी के लिए कोंसटाज पर्यटकों का केंद्र है। 'काला पहाड़' के सौंदर्य से लेकर इस विशाल झील में महासागर जैसी सुविधाओं की व्यवस्था और फिर सीमा पार स्विट्ज़रलैंड का शाश्वत सौंदर्य—ये सब सैलानियों को

इतना कुछ नया दे जाते हैं कि मशीनी गड़गड़ाहट में पिसते आदमी की ज़िंदगी को ताज़ा हवाओं का एक झोंका मिल जाता है।

कोंसटाज से लौटते वक्त हम स्टुटगार्ड और म्यूनिख के बीच वुल्फ में थोड़ी देर ठहरे। यहीं विश्वविख्यात वैज्ञानिक आइंस्टीन का जन्म हुआ था। हम अपनी फटी आंखों से देखते रहे कि वहां क्या कुछ है, जिसने आइंस्टीन जैसे व्यक्ति को जन्म दिया।

गारबेज से गंध नहीं

दोपहर का समय था। हम लोग एक बहुत बड़े कारखाने में पहुंच गए थे। लगातार तीन दिनों से सुबह से शाम तक का कार्यक्रम ऐसा बंधा था कि आराम की गुंजाइश नहीं थी। इसके बावजूद मन में उत्साह था और यही बात थी, जिससे थकावट के लक्षण पास नहीं आ पा रहे थे।

कारखाना बहुत बड़ा था—गंदे पानी के छोटे-छोटे तालाब, तेज़ गति से बहते पानी की धाराएं और विशालकाय मशीनें! लगता था, अच्छाखासा उत्पादन यहां होता होगा। लेकिन बात कुछ और थी, यह विशाल कारखाना उत्पादन के लिए नहीं, प्रदूषण को रोकने के लिए बनाया गया है।

डॉ० मायर ने हमारा स्वागत किया—शिष्ट और मधुरभाषी डॉ० मायर! बायर्स प्लांट के मुख्य इंजीनियर हैं। बायर्स का नाम जर्मनी में ही नहीं, दुनिया-भर में जाना जाता है—उनकी बनाई दवाएं हर जगह मिलती हैं। इस कारखाने में दवाओं के अलावा बायर्स पेंट्स और सिंथेटिक्स भी बनाते हैं। पश्चिमी जर्मनी के बहुत बड़े उद्योगों में इसकी गणना की जाती है।

कारखाने के भीतर जाकर हमने भीमकाय मशीनें और बिजली के बडे-बडे फरनेस देखे। बायर्स के दवाओं, पेंट्स और सिंथेटिक्स कारखानों से जो 'डिसचार्ज' बचता है, वह इतना दूषित और तरह-तरह की गैसों से भरा होता

है कि यदि उसे उसी स्थिते में बहा दिया जाए तो वह समूचे वायुमंडल को दूषित कर ज़हरीला बना देगा।

डॉ० मायर रुचि के साथ मशीनों को दिखा रहे थे—यह पूरा कारखाना मात्र सफाई के लिए है। यह देखकर मुझे आश्चर्य हो रहा था। दूसरे कारखानों का पानी और रासायनिक घोल यहां आकर साफ होता है, जलाया जाता है और फिर सारा कचड़ा बड़े-बड़े बॉयलरों में जलाया जाता है। इससे पानी में घुले जहरीले पदार्थ नष्ट हो जाते हैं और फिर वह पानी नदी में छोड़ दिया जाता है। लाखों मार्क इस कारखाने को बनाने में लगे हैं और किसी बड़े उद्योग की तरह ही यह 'सफाई-कारखाना' चलता है।

पूरा पश्चिमी जर्मनी प्रदूषण की समस्या से लड़ रहा है। दूसरे महायुद्ध के बाद जर्मनी ने अपने को नये ढंग से ढाला है और आज का जर्मनी अति आधुनिक औद्योगिक इकाई के रूप में खड़ा है। भारी कारखानों से समूचा देश भरा हुआ है, लेकिन इन कारखानों की गंदगी ने सरकार को बेचैन कर दिया है। अपने हाथ से ही बनाई मशीनें आदमी के अस्तित्व को चुनौती देंगी, शायद ही कभी सोचा गया हो। इन कारखानों का ही कारण है कि गंगा की तरह विशाल राइन नदी इतनी गंदी है कि उसके पानी में मछलियां जीवित नहीं रह सकतीं।

अपनी गंदगी : अपनी सफाई

यह सब देखते हुए अब वहां की सरकार ने नये कानून बनाए हैं। उनके अनुसार प्रत्येक बड़े कारखाने को अपनी गंदगी और गंदे पानी को अपने यहां ही साफ करना होगा। कचड़े को जलाना होगा और पानी साफ करने के बाद ही नदी में छोड़ा जा सकता है। ऐसा न करनेवालों पर सरकार खासा टैक्स लगाने जा रही है। इस टैक्स का प्रभाव कारखानों के उत्पादन पर होगा और इस बढ़ते हुए औद्योगिक देश के सामने इस समय दुनिया के बाज़ार से मुकाबला करना भी एक समस्या है। जर्मनी में बड़ी-बड़ी मशीनें बनती हैं, मशीनों को बनानेवाली मशीनें भी बनाई जाती हैं। युरोप, अमरीका और जापान से उनका सीधा मुकाबला है। इसलिए सरकार को विश्वास है कि टैक्स

लगाने से मजबूर होकर कारखानों को स्वयं अपनी सफाई आप करने के लिए प्रबंध करना होगा और यही एक तरीका है जिससे हवा, पानी और वायुमंडल को साफ रखा जा सकता पानी और ज़हरीली हवाओं में आदमी का जीना कठिन है।

डॉ० मायर ने बताया था कि उनके सारे कारखाने अब प्रदूषण से मुक्त होते जा रहे हैं। वैसे भी जर्मनी की फेडरल रिपब्लिक सरकार का अनुमान है कि सन् 1985 तक वे प्रदूषण पर विजय पा लेंगे। सन् 1977 से वह 'गंदगी पर टैक्स' का तरीका लागू करने जा रही है। उनका विश्वास है, इससे राइन का पानी साफ हो जाएगा और दक्षिणी भाग में स्थित कोनसास झील का पानी भी साफ हो जाएगा। मशीनों और कारों के धुएं से 1980 तक मुक्ति मिलने की उन्हें संभावना है।

अत्यधिक विकसित जर्मनी अन्य देशों के लिए मार्गदर्शक है—औद्योगीकरण की दिशा में बढ़ते हुए इस योजना को भी साथ लेकर चलना चाहिए, ताकि प्रगति की चपेट में आदमी का सांस लेना मुश्किल न हो जाए। पूरे पश्चिमी जर्मनी में घूमते हुए जगह-जगह हमने बड़े-बड़े कारखाने देखे हैं और उनके 'डिसचार्ज' को साफ करनेवाले और बड़े कारखाने भी हमें देखने को मिले हैं।

कचड़ा जलाने का कारखाना

डुसोलड्रोफ में कचड़ा जलानेवाला बहुत बड़ा कारखाना है। डुसोलड्रोफ उत्तरी राइन क्षेत्र की राजधानी है। वहां की नगर-समिति ने सन् 1960 में उस क्षेत्र के कूड़ा-करकट को जलाने के लिए यह कारखाना बनाने का निश्चय किया था। भारत की तरह जर्मनी में कहीं भी कचड़ा नहीं फेंका जा सकता। इसके लिए 'केपसल' होते हैं। घरों का सारा कचड़ा जमाकर 'केपसल' बाहर रख दिए जाते हैं। ट्रकों द्वारा उनका कचड़ा मशीनों से निकाल लिया जाता है और फिर वह इसोलड्रोफ जैसे कारखानों में ले जाकर जलाया जाता है। सड़क पर कागज़ का टुकड़ा भी फेंकना अपराध है।

इस कारखाने में चार बड़े बॉयलर हैं, जिनमें से प्रत्येक बॉयलर प्रति घंटा

दस टन कचड़ा जलाता है। इनमें से तीन बॉयलर दिन-रात चलते रहते हैं। एक-एक बॉयलर आगे चलकर 236 हज़ार टन कचड़ा प्रतिवर्ष जला सकेगा। बड़े-बड़े ट्रकों में कचड़ा यहां आता है और मशीनें उसे तत्काल उठाकर बॉयलर में झोंक देती हैं। कारखाने में 120 ट्रक प्रति घंटे के हिसाब से आ सकते हैं। कचड़े को जलाने के बाद जो राख बचती है, वह सड़क बनाने के काम आती है और जो स्टीम बनती है, उससे बिजली तैयार की जाती है। यह कारखाना 470 करोड़ मार्क की लागत से बना था। पश्चिमी जर्मनी में ऐसा कारखाना सबसे पहले म्यूनिख के पास रोजेनहाइम में बनाया गया था, लेकिन डुसोलड्रोफ का कारखाना समूचे जर्मनी में सबसे बड़ा है। इसकी विशेषता यही है कि कचड़ा जलाने का कारखाना होते हुए भी गंदगी और दुर्गंध से दूर है।

डुसोलड्रोफ की भांति बर्लिन में भी गारबेज को जलाने के लिए एक आधुनिकतम कारखाना लगाया गया है। इसमें 600 हज़ार टन गारबेज साल-भर में जलाया जाता है। यह कारखाना पूर्व और पश्चिम बर्लिन की दीवार के पास है। पहले यह कारखाना छोटा था, दूसरे महायुद्ध के समय यहां का बॉयलर रूसी उठा ले गए थे। युद्ध के बाद सन् 1945 में दूसरा बॉयलर लगाया गया और अब यहां 8 बॉयलर हैं।

पश्चिम की गंदगी पूर्वी बर्लिन में

हमने जब इस कारखाने में प्रवेश किया, तब ज़रा भी भ्रम नहीं हुआ कि हम कूड़े को जलानेवाले कारखाने में जा रहे हैं। ऊपर लगे हुए टेलीविज़न-कैमरे ने हमें आते देख लिया था, इसलिए अधिकारियों ने तुरंत हमारा स्वागत किया। इसके बाद हम पूरा कारखाना देख गए—बड़े-बड़े बॉयलर हमने देखे, गंदे पानी से कचड़ा निकालकर उसे जलाती हुई मशीनें देखीं, जले हुए कचड़े को ले जाते ट्रक देखे और फिर ऊपरी हिस्से में वह बहुत बड़ा कमरा भी देखा, जो स्वचालित मशीनों, कम्प्यूटरों और टेलीविज़न-कैमरों से लैस था। आश्चर्य यह है कि बर्लिन का सारा गंदा पानी यहां पहुंचता है। उसे निरंतर साफ किया जाता है। गंदे पानी का कुछ हिस्सा पूर्वी बर्लिन में छोड़ा जाता है और बाकी नदियों में चला जाता है।

हमने पूछा था, "पूर्वी बर्लिन की सरकार आपकी गंदगी को कैसे बर्दाश्त करती है?" उत्तर मिला था, "इसके लिए पश्चिमी बर्लिन टैक्स देता है। पूर्वी बर्लिन की सरकार को 'हार्ड करेंसी' चाहिए, इसलिए वह यह सारा गंदा पानी अपनी सीमा में आने देती है।"

बर्लिन के स्वच्छ कारखाने

बर्लिन के कारखाने में न गंध है, न गंदगी और धुआं। ज़रा-सा भी एहसास नहीं होता कि हम किसी मशीन बनाने वाले कारखाने में नहीं, बल्कि गंदगी के बीच खड़े हुए हैं। हमारे साथ जार्जिया के डॉ० लेडवेटर भी थे, उन्होंने बताया कि इतना अच्छा कारखाना तो अमरीका में भी नहीं है। डुसोलड्रोफ में शहर-भर का कचड़ा जलाया जाता है, लेकिन बर्लिन में तो शहर-भर की गंदी नालियों और टट्टियों का पानी भी साफ किया जाता है। इतने बड़े कारखाने में केवल 80 व्यक्ति काम करते हैं, क्योंकि प्रायः सारा काम मशीनों से होता है।

कारखाने में लगे स्वचालित कैमरे निरंतर काम करते रहते हैं। भारत में ऐसे कारखानों के पास से गुजरना मुश्किल है। हम वहां मज़े में बैठे बीयर पी रहे थे। यह कारखाना कचड़ा ही नहीं जलाता, जले हुए कचड़े का बचा हिस्सा वह बेचता भी है। इसका उपयोग सड़कें बनाने और गड्ढों को पाटने में किया जाता है। इससे जो स्टीम बनती है, वह भी बेच दी जाती है। इस स्टीम से आसपास के कारखाने चलते हैं। स्टीम बड़े-बड़े पाइपों में उन कारखानों तक भेजी जाती है।

इसके पहले हमने बाखम में ऐसा ही एक और कारखाना देखा था। बर्लिन का कारखाना उससे बड़ा और आधुनिक है। बाखम में पहली बार कारखाना बनाया गया था, इसलिए बर्लिन के इस कारखाने को बनाते समय वे सारी सावधानियां रखी गईं, जो ज़रूरी थीं। यहां शोधन का तरीका इतना अच्छा है कि ज़हरीली गैसें और कीड़े बाहर नहीं जा सकते। बडे 'ओवन' हैं, जिनमें रेत होती है। उसीमें गंदा पानी (स्लज) फेंका जाता है, दूसरी ओर से हवा दी जाती है। बाखम के कारखाने में पहले रेत से स्लज साफ किया जाता है। वहां

फरनेस मिट्टी के तेल से चलता है, बर्लिन में ऑटोमेटिक है। एक बार फरनेस जल गया तो फिर और किसी चीज़ की ज़रूरत नहीं होती।

बड़े-बड़े गोल छेदों से हमने जलती हुई तेज़ आग और जलते हुए सभी तरह के कचड़े को यहां देखा है। औद्योगिकता की चपेट में पड़े आदमी की बुद्धि ने जो रास्ते निकाले हैं, देखकर चकित रह जाना पड़ता है।

इंग्लैंड में

शेक्सपियर की नीलामी : तीन हज़ार पौंड

उस दिन 'हैमलेट' दिखाया जा रहा था। कारों का एक लंबा काफिला बाहर खड़ा था और थियेटर पूरी तरह 'बुक्ड' था। ऐसा रोज़ ही होता है। यदि पहले से टिकट रिज़र्व न कराया जाए तो नाटक नहीं देखा जा सकता। विभिन्न कंपनियां हैं और अलग-अलग तरह से एक ही नाटक को वे प्रस्तुत करती हैं। इस तरह शेक्सपियर के सारे नाटक वर्ष-भर होते रहते हैं। इस थियेटर का नाम है 'शेक्सपियर मेमोरियल थियेटर'। लाल पत्थरों से बना यह नाट्यगृह अपने ढंग का अलग है। एवन नदी किनारे से बहती है। सामने सीधा पुल है और नदी के शांत पानी पर तैरती हुई ढीठ बतखें हैं।

"अरे, आप क्या कर रहे हैं?"—मैं चौंक उठा था। मेरी गाइड ऐन ने मुझे सावधान किया। मैंने किया ही क्या था! बतखों को खिलाना चाहता था और इसलिए मैंने हाथ बढ़ाया था। सारी बतखें मेरी ओर आ रही थीं। ऐन ने बताया, इन्हें मंगफली आदि कुछ खाने के लिए न दो तो ये आदमियों को काट लेती हैं।

"सचमुच," ऐन ने पकड़कर खींच लिया और मैं ढलती हुई शाम के साथ अपनी ओर भागकर आती हुई श्वेत बतखों के सौंदर्य को देखते हुए नाट्य-गृह के ऊंचे बरामदे में चढ़ गया। यह नाट्यगृह पहली बार सन् 1877 में बना था। फिर उसमें आग लग गई और सन् 1932 में वह फिर दूसरी बार बनाया गया। स्ट्राटफोर्ड-अपॉन-एवन में तब भी भीड़ थी। लंदन में ऐन के साथ हेमपसरेड

में जॉन कीट्स का मकान देखा था। जॉन कीट्स (सन् 1795-1820) इसी मकान में अपनी प्रेमिका फेनी ब्राउन के साथ रहता था। सोने के कमरे में अब भी वह पुरानी दीवारघड़ी लगी है, जो कभी 6 बजने में जब डेढ़ मिनट बाकी थे, तब अचानक ठहर गई थी और तब से अब तक ठहरी हुई है। इसी कमरे के बाहर चार्ल्स ब्रूम का एक नोट मैंने पढ़ा :

3 फरवरी, सन 1820 को 11 बजे रात को थका और टूटा कोट्स घर वापस आया। मैंने पूछा, "तुम बीमार लगते हो। तुम्हारे मुंह से खून आ रहा है।"

उसने कहा, "नहीं, बीमार नहीं हूं, परंतु मैं अपना खून स्वयं देखना चाहता हूं। लैंप जलाओ।"

मैंने लैंप जलाया। फिर डॉक्टर को खबर की। कीट्स ने अपना खून अपने मुंह से गिरते हुए स्वयं देखा और फिर वह खूब जोर से हंसा। 5 बजे सुबह वह मर गया।

चार्ल्स ब्रुम के इस नोट को पढ़कर मन भर उठा। उसकी वेदना देखी जा सकती है। कीट्स के घर में शेक्सपियर का पूरा साहित्य सुरक्षित है। वे सारी पुस्तकें सन् 1623 में छपी थी। उस समय की छपाई का पता उनसे लग जाता है। दीवार पर शेक्सपियर का चित्र है। कीट्स के अपने प्रेम-पत्र हैं, मंगनी की अंगूठी (एनगेजमेंट रिंग) है और फेनी के खूबसूरत फोटो हैं, जिसे कीट्स अंत तक प्रेम करता रहा।

यहीं से हम स्ट्रॉटफोर्ड-अपॉन-एवन के लिए रवाना हुए थे। रास्ते में थोड़ी देर हम ऑक्सफोर्ड और फिर ब्ले हिम पैलेस में ठहरे थे। ब्लेहिम पैलेस यानी चर्चिल का जन्म-स्थान।

लंदन से स्ट्राटफोर्ड तक पहुंचने में कार से लगभग तीन घंटे लगे थे। स्ट्राटफोर्ड-अपॉन-एवन एक तीर्थ-स्थान बन गया है। यहीं विश्वविख्यात महाकवि विलियम शेक्सपियर का जन्म सन् 1564 में हुआ था। शेक्सपियर 52 वर्ष जीवित रहे। उनके पिता जॉन शेक्सपियर हेनले स्ट्रीट में रहते थे। आज भी हेनले स्ट्रीट है। इसी स्ट्रीट में बनी इमारत के पश्चिमी हिस्से में विलियम ने जन्म लिया था। दूसरे हिस्से में विलियम के पिता की दुकानें थीं। वे

चमड़े के दस्ताने बनाते थे और लकड़ी बेचने का व्यवसाय करते थे। विलियम की बहन सूसन के जीवन-काल तक यह मकान एक पैतृक संपत्ति की तरह चलता रहा, परंतु उसके बाद एक दुखी अध्याय का आरंभ हुआ।

काल और परिधि की सीमा को तोड़कर जीने वाले महान कवि विलियम का अवसान सन् 1616 में हो चुका था। 18वीं सदी के मध्य तक उनकी रचनाएं विश्व के कोने-कोने में पहुंच गई थीं और स्ट्राटफोर्ड साहित्यिक तीर्थ बन गया था। एक ओर दूर-दूर से दर्शक अपने प्यारे कवि विलियम के जन्म-स्थान को देखने आ रहे थे, दूसरी ओर उनके घर का उपयोग उत्तराधिकारी मनमाने ढंग से कर रहे थे। यहां तक कि जिस कमरे में शेक्सपियर रहते थे, 18वीं सदी के अंत में वह गोश्त की दुकान में बदल गया था।

महाकवि के मकान की नीलामी

16 सितंबर, 1847 को इतिहास के पृष्ठों पर एक प्रश्नचिह्न उभरा : महाकवि के मकान की नीलामी! हां, शेक्सपियर के जन्म-स्थान को नीलाम करने की घोषणा की गई। एक इश्तहार छापकर लगाया गया और उसमें लिखा गया कि इस मकान में कहां-कहां क्या है।

पढ़े-लिखे लोगों में अवश्य हलचल हुई होगी। 'द टाइम्स' का एक हिस्सा वहां सुरक्षित है। उसमें एक संपादकीय है :

'कानों को काटने वाली आवाज़ें।' यदि शेक्सपियर का मकान नीलाम हुआ तो अमरीका के जंगली जानवर ढेर-से डॉलर लेकर आएंगे और इस मकान को खरीद लेंगे। फिर उसे वहां से उठाकर एक ठेले में रखेंगे और गली-गली शेक्सपियर को बेचते फिरेंगे।

अमरीका के लोग सचमुच उसे खरीदकर अपने देश ले जाना चाहते थे।

हलचलें खूब हुईं, लेकिन शेक्सपियर के मकान की नीलामी को कोई नहीं रोक सका। दरिद्र ठेकेदार और भेड़िये व्यापारियों ने डेढ़ हज़ार गिन्नियों से बोली शुरू की और अंत में 3 हज़ार पौंड में मकान बिक गया। शेक्सपियर

के उत्तराधिकारी विवश होकर अपने काफिले को लुटता हुआ देखते रहे। अच्छी बात यह हुई कि खरीदार इंग्लैंड के ही निवासी थे और उन्हें महाकवि से प्रेम था। उन्होंने 'स्ट्राटफोर्ड बर्थप्लेस कमेटी' बनाकर यह मकान उसे सौंप दिया। फिर सन् 1891 में लंदन की संसद् ने एक विशेष कानून पास कर ट्रस्ट को अपनी स्वीकृति दी और उसे शेक्सपियर की जन्मभूमि की सुरक्षा के सारे अधिकार दिए। उस ट्रस्ट में जो पहले छः व्यक्ति थे, उनके नाम हैं—(1) सर वाल्टर स्कॉट (2) टामस कार्लाइल (3) आइजक वाट्स (4) जॉन वूले (5) हेनरी इरविंग, और (6) एलेन टेरी।

आत्मा का तीर्थ

15,000 की आबादी वाला आज का स्ट्राटफोर्ड-अपॉन-एवन छोटा-सा खूबसूरत शहर है, लेकिन उसका पुरानापन अब भी शेष है। सागौन की लकड़ी और लाल रंग की दीवारों के मकान हैं, साफ-सुथरी सड़कें हैं, पब हैं, डांस-क्लब हैं, स्ट्रिपटीज़ (नग्न-नृत्य) के स्थान हैं, अच्छे होटल हैं और शानदार दुकानें हैं। चारों ओर फूलों से भरे बाग हैं। शांत ठहर-सी गई नदी का पानी शेक्सपियर की देह की गंध को आज भी दूर नहीं कर पाया। उसके किनारे बना नाट्यगृह एकदम नया है, लेकिन उसके भीतर रोज़ दिन और रात शेक्सपियर की आत्मा उभरती है।

इंग्लैंड की जनता और सरकार ने जिस खूबसूरती से शेक्सपियर को जीवित रखा है, प्रशंसनीय है। लंदन में मैंने अपने प्रिय साहित्यकारों के मकान देखे थे—कीट्स, बायरन, डिकेंस, जॉनसन आदि। सभीके मकान अब राष्ट्रीय निधि हैं।

स्ट्राटफोर्ड तो रोज़ यात्रियों की भीड़ से भरा होता है। कहते हैं, प्रतिवर्ष 5 लाख लोग यहां आते हैं।

पुराना, पर नया रूप

शेक्सपियर स्मारक ट्रस्ट ने जन्म-स्थान में कई सुधार किए हैं। भीड़-भरे बाजार के बीच पुरानी लकड़ी और लकड़ी की लाल टाइल के छप्पर से बना

चर्चनुमा यह मकान लगभग वैसा ही रखा गया है, जैसा था। दुमंज़िला मकान बहुत सामान्य है। पश्चिमी पार्श्व में विलियम का जन्म हुआ था। वह कमरा अब भी दर्शक देख सकते हैं। उसीसे लगे उस कमरे में अब संग्रहालय है, जहां कभी विलियम के पिता जॉन व्यापार किया करते थे। कमरों में पुराने समय का लकड़ी का फरनीचर, रसोईघर के बरतन, हाथ से की हुई कशीदाकारी और पुराने ढंग के परदे आसानी से देखे जा सकते हैं।

अब हेनले स्ट्रीट से शेक्सपियर के मकान में प्रवेश किया जा सकता है। अपनी गाइड ऐन के साथ जब मैंने यहां से प्रवेश किया, तब अचानक सारा शरीर स्फूर्ति से भर उठा। सामने ही 'स्वागत-कक्ष' था। यहां शेक्सपियर का साहित्य और चित्र तथा उपहार की चीज़ें बिकती हैं। इसी कक्ष से सीधे मुख्य मकान के भीतर प्रवेश है। सागौन लकड़ी की दीवारों को देखकर पता चलता है कि उस समय लकड़ी का प्रयोग खूब होता रहा है। कमरे में ईंटों से बनी अंगीठी है, जिससे कमरा गरम रखा जाता रहा होगा। एलिज़ाबेथ के ज़माने की एक कुरसी है, एक स्टूल है और सत्रहवीं सदी की ड्रेसिंग टेबल है। यह निवास का मुख्य कमरा रहा है। इसीसे लगा रसोईघर है। कमरे को देखकर उस समय के बरतनों, अंगीठियों और खाना पकाने के साधनों का अंदाज़ आसानी से लगाया जा सकता है। पुराने समय के बरतन अब भी रखे हुए हैं। इसी कमरे से ऊपर जाने के लिए लकड़ी की प्राचीन सीढ़ियां आज भी सुरक्षित रखी गई हैं। रसोईघर के नीचे एक तहखाना है, जहां खाने-पीने की वस्तुएं सुरक्षित रखी जाती थीं।

मुख्य निवास के कमरे में एक दूसरा दरवाज़ा और है, जहां अब संग्रहालय है। इसमें पुराने स्ट्राटफोर्ड शहर का नक्शा, कई महत्त्वपूर्ण पुराने रिकॉर्ड और शेक्सपियर के मकान को सन् 1847 में नीलाम किए जाने वाले सारे दस्तावेज़ सुरक्षित रखे गए हैं।

रंग-बिरंगे फूल

दूसरे कमरे में शेक्सपियर का मूल चित्र है। उनके लिखने की टेबल है। एक पलंग है और उसके पास रखी हुई लकड़ी की दो आराम-कुरसियां।

शेक्सपियर का समूचा साहित्य, उनके हाथ के लिखे पत्र, ऐनी का चित्र और कई और ऐसे चित्र यहां देखे जा सकते हैं, जिनके साथ शेक्सपियर की स्मृतियां जुड़ी हुई हैं।

मकान के पीछे खूबसूरत बाग है। रंग-बिरंगे मौसमी फूलों से वह भरा हुआ है। शहतूत, श्रीफल, कीलफल जैसे वृक्षों को करीने के साथ यहां लगाया गया है। अंगूरों की बेलें हैं और तरह-तरह के गुलाब हैं। गुलाब के फूलों की सुगंध से सारा वातावरण महक उठा है। बाग के बीच लाल मिट्टी की सड़कें मिला-जुला सौंदर्य प्रदान करती हैं।

नाम से जीवित शहर

समूचा स्ट्राटफोर्ड आज भी विलियम शेक्सपियर के नाम पर जीवित है। यहां की दुकानों की यह रौनक कब की खत्म हो गई होती। अब वे दिन-प्रतिदिन बढ़ रही हैं। कारों के काफिले रोज़ आते हैं और चले जाते हैं, परंतु रात आज भी रंगीन बनी रहती है। पबों और नृत्यशालाओं में अमरीकी संगीत के साथ शेक्सपियर के रिकॉर्ड भी सुनने को मिलते हैं। यदि शेक्सपियर न हुए होते तो स्ट्राटफोर्ड क्या होता, समझ में नहीं आता। आज भी पैरिश चर्च में सनातन, शांत मुद्रा में विश्राम करते शेक्सपियर की आत्मा समूचे शहर में धूप की तरह घूमती है।

एक दर्द : एक कसक

अंगरेज़ी काव्य की अपनी विशेषताएं रही हैं। सदियों से वह विश्वसाहित्य को प्रभावित करता रहा है। अंगरेज़ी साहित्य के महारथी अब मात्र इंग्लैंड-निवासियों की निधि नहीं हैं, इसीलिए लंदन पहुंचकर मैंने अपने कार्यक्रम में सबसे पहले जो परिवर्तन कराया, वह यही था कि मुझे उन विख्यात महाकवियों और प्रेरणा-स्रोतों के सुरक्षित अवशेष अवश्य देखने हैं। किसी भी देश की अमरता वहां के साहित्य, वहां की संस्कृति और कला में निहित होती है, राजनीति में नहीं, जो हर पल मरती और जीती है। वह गंदी नाली में डूबने और तैरने वाले कीड़ों की तरह है, इसलिए दर्जनों देशों की यात्रा करते हुए भी

वहां राजसत्ता को देखने और परखने की महत्त्वाकांक्षा मुझमें कभी नहीं रही।

इन सारे स्मारकों को देखने के बाद एक दर्द मुझे अवश्य महसूस हुआ—वह दर्द मेरे भीतर का था, मेरे देश का था। रह-रहकर मुझे वाल्मीकि से लेकर तुलसीदास, सूरदास और फिर निराला तथा जयशंकरप्रसाद की यादें कचोटती रहीं। एक हांक, जैसे कोई हवा में छोड़ गया है :

कबिरा खड़ा बजार में
लिये लुकाठी हाथ,
जो घर फूंके आपना
चले हमारे साथ।

वह कबीर कहां है? वह बनजारा सूरदास! बेचारे प्रेमचन्द! तुलसीदास को देवता बनाकर मंदिर में कैद करने वाले नहीं जानते कि वह जीवन-भर किन दुःख-दर्दों से गुज़रता रहा है।

हम कहां हैं?

हमारी साहित्यिक विरासत का एक नक्शा यदि बनाया जाए तो दुनिया में अलग होगा, लेकिन किसीका सम्मान करना हमने नहीं सीखा। एक भी स्ट्राटफोर्ड-अपॉन-एवन हमारे देश में नहीं है, जबकि शेक्सपियर की तुलना में वाल्मीकि का भार कम नहीं है। हमारे तीर्थ या तो अंधमान्यताओं के धर्मस्थल हैं, जो आदमी को आदमी से बांटते हैं अथवा राजनीति की वे रंगशालाएं हैं, जिनकी चर्चा करते हुए हमारी सांस हरदम टूटती और क्षीण होती है।

इंग्लैंड की अपनी परंपरा है, अपनी संस्कृति है। आधुनिक सौंदर्य और कला के प्रसार के बावजूद उन्होंने अपनी प्राचीनता नहीं छोड़ी। यह बात या तो मैंने इग्लैंड में देखी है अथवा पेरिस में। यूरोप का बाकी हिस्सा नई दुनिया की करवट में मशीनी मिट्टी के साथ उलट गया है।

वाटरलू और लंदन के लेखक

मुझे याद है, एक शाम लंदन से पिकाडली से वाटरलू की ओर आते हुए मेरी मित्र लिन ने नेपोलियन के युद्ध का ज़िक्र किया था। सन् 1853 में वाटरलू

की लड़ाई में नेपोलियन की हार हुई थी। यही वाटरलू अब एक स्टेशन है और बाहर चौक है तथा बाज़ार है। इसीसे लगी हुई आगे पुस्तकों की दुकानें हैं। उन दुकानों से गुज़रते हुए दूसरी रात जब मैं इतालवी रेस्तरां 'बिनाची' जा रहा था, तब मेरे मन में वाटरलू की याद नहीं थी। मेरे साथ या तो तब भी लिन थी अथवा मेरे दोस्त एगन्यूस विलसन थे। हां, उन्हीं के साथ तो हमें रात्रि का भोजन करना था और उन्होंने ही यह इतालवी रेस्तरां चुना था।

ऐन उस रेस्तरां तक मुझे पहुंचाकर चली गई थी, क्योंकि उसके पास रात्रि-भोज का आमंत्रण नहीं था। यह वही ऐन थी, जिसके साथ जॉन कीट्स की प्रेमिकाओं के चित्र देखते हुए मैंने पूछा था, "तुम्हें कैसा लग रहा है?"

वह मुसकरा दी थी और मैंने ही तब उत्तर दिया था, "तुम्हें भी कोई कीट्स मिले तब न...।" कीट्स ने कुछ भी छिपाकर नहीं रखा था। उसकी ज़िन्दगी एक खुली किताब थी और उसने अपनी हर प्रेमिका को सम्मान दिया था।

एगन्यूस के बारे में कम जानता हूं—एक बात जानी थी, इंग्लैंड के सबसे बड़े 'लिटरेरी अवार्ड' के वे अध्यक्ष चुने गए थे और भारत की किसी कृति को वे पुरस्कृत करना चाहते थे। (उन्होंने ऐसा किया भी, इस वर्ष का पुरस्कार एक भारतीय को ही मिला है।) आधी रात तक हम साहित्य की ही चर्चा करते रहे थे, राजनीति की दुनिया हमसे दूर थी। मुझे विश्वास है, एक दिन इंग्लैंड के लोग एगन्यूस विलसन के घर को भी राष्ट्रीय स्मारक बनाकर उसका सम्मान करेंगे, लेकिन मैं और मेरी पीढ़ी के दूसरे लोग अपने कुछ दोस्तों और साथियों की यादों में ही जीकर बनते-बिगड़ते रहेंगे। काश, एक अंगरेज़ कवि की जगह कोई भारतीय कवि लिखता :

रहने दो मुझे अनजाना
अनचीन्हा और अनपहचाना
वैसा ही मुझे मर जाने दो
एक पत्थर भी न बता सके
कहां मुझे दफन किया गया था!

कम से कम हमारी आत्माएं संतोष तो पा सकतीं कि हमने ही ऐसा चाहा था।

स्वीमिंग पूल में उठती हुई समन्दर की लहरें

बुलफोंग में स्वीमिंग पूल देखकर एक नई दृष्टि मिली थी। बड़े-बड़ तरुण-तालों में नकली समंदरी लहरें पैदा कर तैराकों के लिए वहां माहौल ही दूसरा खड़ा कर दिया जाता है। यूरोप में कई जगह ऐसे स्वीमिंग पूल देखे थे, लेकिन प्रकृति के उन्मुक्त वातावरण में एकसाथ चार बने हुए ये तरुण-ताल सबसे अलग हैं—बच्चों के लिए अलग, अनाड़ी तैराकों के लिए अलग और कुशल तैराकों के लिए सारी सुविधाओं से सम्पन्न।

सितम्बर का महीना था—ठंड बहुत हलकी थी, लेकिन सारा यूरोप चीख-चीखकर चिल्ला रहा था—ऐसी गरमी कई वर्षों में नहीं पड़ी। इस चीख और शिकायत के बाद जब हम लंदन के हीथरो हवाई अड्डे पर पहुंचे, तब मौसम और भी निराला था—हलका पानी गिर रहा था। विमान-तल में अनेक मित्र उपस्थित थे। उनमें लिन भी थी। लिन जर्मनी में मिल चुकी थी। यहां देखते ही दौड़कर वह लिपट गई। अपने मित्रों के साथ हम ओंकार श्रीवास्तव के घर पहुंचे—लंदन का दूसरा कोना था वह, लेकिन अंडरग्राउंड रेलवे की चुस्त सेवाओं के सामने वह अंतर बहुत नहीं था।

लंदन देखने की इच्छा बचपन से रही है। विद्यार्थी-जीवन में ही शेक्सपियर, वड्र्सवर्थ और ऑक्सफोर्ड तथा कैम्ब्रिज विश्वविद्यालयों के नाम घुट्टी की तरह जैसे पिलाए गए थे। वह समय अंगरेज़ी सत्ता का था और सुनते थे कि अंगरेज़ों के राज्य में कभी सूरज नहीं डबता। इसलिए लंदन पहुंचकर लगा, जैसे मनोरथ पूरा हो गया है। आते ही सेंट्रल ऑफिस ऑव इनफरमेशन के अधिकारियों से भेंट का सिलसिला शुरू हुआ। अधिकारी बहुत विनम्र, मधुरभाषी और शिष्ट थे। सारा कार्यक्रम उन्होंने बनाकर तैयार

कर दिया था। उन्होंने 15-16 दिन हमारे साथ रहने के लिए गाइड मिस ऐन से परिचय कराया। ओंकार श्रीवास्तव ने ऐन को देखकर मज़ाक किया था, "तुम्हें तो मेम मिल गई है!" दुबली, छरहरी ऐन और उसके सिर पर एक हैट! चलने का उसका अपना तरीका! ऐन पूरी तरह प्रशिक्षण-प्राप्त गाइड है।

सोमवार की दोपहर लिन के साथ सेंट पाल का गिरजाघर देखा था। यह गिरजाघर लंदन की अपनी विशेषता है। यह सन् 600 के आसपास बना था। भीतर सोने के ईसा मसीह हैं और आसपास दीवारों पर भी सोना लगा है। यह देखकर दक्षिण भारत के कई मंदिर याद आ गए। गिरजाघर बहुत ऊंचा है। इतनी ऊंचाई पर पहुंचकर सारा लंदन शहर टेम्स नदी के दोनों ओर सोता हुआ नज़र आता है। टेम्स काफी गहरी और चौड़ी नदी है। उसके किनारों को पत्थरों से बांध दिया गया है। वहां खड़े होकर रॉयल ऑपेरा और ब्रिटिश म्यूज़ियम से लेकर संसद् तक को देखा जा सकता है। टेम्स नदी से लंदन की संसद् देखने पर उसकी पृष्ठभूमि में 'बिग बेन' दिखाई देती है। नदी से थोड़ा हटकर एक पार्क है। यह लंदन के केंद्र में स्थित है। पार्क में झील है, जहां बैठकर यातायात की भारी भीड़ से मुक्ति ली जा सकती है। नौका-विहार का भी प्रबंध है। लंदन के मुख्य पर्यटक स्थलों में ट्राफल्गार स्क्वायर मुख्य है। उसके दाहिनी ओर नेल्सन-स्तंभ है और एकदम बायें प्रसिद्ध गिरजाघर—सेंट मार्टिनइन-द-फील्ड्स।

लंदन का संग्रहालय दुनिया के बहुत बड़े संग्रहालयों में से है। पूरा संग्रहालय देखना है तो दो दिन चाहिए। यहां हमने पहली सदी की पुस्तकें देखीं और महारानी एलिज़ाबेथ के हस्ताक्षर भी। अंगरेज़ी के विश्वविख्यात लेखक—मिल्टन, कीट्स, शेली, बायरन, डेविड ह्यू म, एलेक्ज़ेंडर पोप, थैकरे, वाल्टर स्कॉट इत्यादि सभीकी हस्तलिखित पांडुलिपियां हैं। आर्ट-गैलरी है और भारत की कलाकृतियां भी वहां सुरक्षित हैं। वैसे कलाप्रेमियों के लिए 'रॉयल अकादमी ऑव आर्ट्स' एक अलग संस्था है।

लंदन से गुज़रते हुए निरंतर बंबई की याद आ जाती है। बहुत-से हिस्से और इमारतें ठेठ बंबई की तरह हैं। हर चौथा आदमी भारतीय है। लंदन का

साउथ हॉल तो भारतीयों का मोहल्ला है—सरदारों की सलवारें और पगड़ी, चाट की दुकानें और वही चहल-पहल। हीथरो विमान-तल के अधिकांश छोटे कर्मचारी भारतीय हैं। लंदन पहुंचकर यूरोप की तरह अजनबीपन का भान नहीं होता।

लंदन में हमें जिसने सबसे अधिक प्रभावित किया, वे महान साहित्यकारों के सुरक्षित मकान थे। ऐन के साथ दोपहर हमेपसरेड में जॉन कीट्स का मकान देखकर मन भर उठा।

कीट्स के मकान के आगे ही केनवुड बिक्रेसट है। सन् 1616 में जॉन बिल ने इसे बनाया था। अनेक बार इसकी सता हस्तांतरित होती रही और अंत में सन् 1927 में लॉर्ड इवेंग ने अपनी मृत्यु के बाद सरकार को उसे सौंप दिया। आज का केनवुड पुरानी इमारत से भिन्न है, लेकिन इसके भीतर सुरक्षित कलाकारों की रंगीन कलाकृतियां आज दुर्लभ हैं। विश्व के चुने हुए दर्जनों कलाकारों के चित्र यहां देखे जा सकते हैं, जिनमें उस समय की कला का परिचय मिलता है।

कीट्स के मकान से लौटते हुए हम जब फ्लीट स्ट्रीट से गुज़रे, तब सारे बड़े-बड़े समाचारपत्रों के बोर्ड पढ़ने को मिले। फ्लीट स्ट्रीट संसार-भर में पत्रकारिता का सबसे बड़ा केंद्र है। यहीं एक कोने में तत्कालीन प्रधानमंत्री विल्सन खड़े मिले थे।

पिकाडली की शाम और टेन डाउनिंग स्ट्रीट

टेन डाउनिंग स्ट्रीट के नाम से कोई भी व्यक्ति अचानक चौंक पड़ता है। वर्षों से यह ब्रिटिश प्रधानमंत्रियों का निवासस्थान है। प्रधानमंत्री बदलते रहे हैं, यह स्ट्रीट नहीं बदली और अब तो ब्रितानिया सरकार के शासन की प्रतीक बन गई है। इसके बावजूद यह मात्र एक संकरी गली है। मुश्किल से एक कार भीतर जा सकती है। पास-पास मकान बने हुए हैं और उन्हीं में प्रधानमंत्री का निवासस्थान है। पहले ही हम बता चुके हैं कि उन दिनों के प्रधानमंत्री

विल्सन टेन डाउनिंग स्ट्रीट के किनारे खड़े मजे में सिगार पी रहे थे, शायद उन्हें किसीकी प्रतीक्षा थी। सुरक्षा की कोई व्यवस्था हमें दिखाई नहीं दी। यह सब तब था, जब लंदन में यहां-वहां बम-विस्फोट हो रहे थे। जब पहला बम-विस्फोट हुआ था, तब हम उस स्थान के सामने की ही इमारत में थे।

बम-विस्फोट के समय

उन दिनों और आज भी आयलैंड ने इंग्लैंड में विस्फोटक स्थिति पैदा कर दी है। पिछले कुछ वर्षों से वहां प्रोटेस्टेंट और कैथोलिकों के बीच धार्मिक युद्ध जैसी स्थिति बन गई है। उत्तरी आयलैंड में दिन-दहाड़े गोली चलाने और हत्या की घटनाएं रोज़ ही होती हैं। आयलैंड के लोग अपने को इंग्लैंड के शेष हिस्से से अलग करना चाहते हैं।

इसी राजनीतिक वातावरण के कारण लंदन में लगातार बम-विस्फोट होते रहे हैं। संभवतः अपना प्रोटेस्ट दिखाने के लिए वे यह सब करते हैं।

बुधवार की दोपहर 'टाइम्स लिटरेरी सप्लीमेंट' के संपादक मिस्टर ई० ट्रेविन के साथ हमने लंच लिया और इसीके साथ पुस्तकों की समीक्षा के संबंध में हमारी चर्चा हुई। 'टाइम्स' का लिटरेरी सप्लीमेंट लंदन में ही नहीं, दुनिया भर में रुचि के साथ पढ़ा जाता है। उसका मुख्य आकर्षण है—पुस्तकों की समीक्षाएं। नई से नई पुस्तकों की जानकारी उससे मिल जाती है। मिस्टर ट्रेविन युवा व्यक्ति हैं। उन्होंने बताया कि कई बार प्रकाशक पुस्तक छपते ही मात्र उसके फर्मे एकत्रित कर यहां भेज देते हैं। उसके बाद पुस्तक का मुखपृष्ठ और अन्य चीज़ें छपने तथा बाइंडिंग में समय लगता है। जब पुस्तक बाज़ार में आती है, तभी 'टाइम्स लिटरेरी सप्लीमेंट' में उसकी समीक्षा भी छप जाती है। इससे पुस्तक की बिक्री पर बहत प्रभाव पड़ता है। हमारे यहां के अधिकांश समीक्षकों की तरह फ्लैप मैटर देखकर समीक्षाएं नहीं लिखी जातीं।

इतनी पुस्तकों का सम्हालना आसान नहीं है। संपादक महोदय का कहना था कि वे पुस्तकों का चुनाव करते हैं और प्रयत्न यही किया जाता है कि अच्छी पुस्तकें ही समीक्षा के लिए समीक्षकों को दी जाएं, यद्यपि समीक्षकों

में विशेषज्ञों की खोज करना उनके लिए भी कठिन है। 'टाइम्स' की ओर से प्रतिवर्ष पुरस्कार भी दिए जाते हैं। पुरस्कार-समिति के अध्यक्ष एगन्यूस विल्सन से उसी रात एक इतालवी रेस्तरां में भेंट हुई थी। पिकाडली के पास यह सामान्य-सा रेस्तरां है—बिनाची। शांत वातावरण है, इसलिए एगन्यूस साहब को यही जगह पसंद है। वे लंदन से कुछ दूर एक शांत नगर में रहते हैं, वहीं लिखते-पढ़ते हैं। लंदन में उन्होंने एक कमरा ले रखा है और जब-तब आते रहते हैं।

युवा लेखक : नारों से दूर

फ्रीलांस लेखक के रूप में एगन्यूस ने लेखन को स्वीकार किया है और अब वे आधुनिक समीक्षकों में महत्त्वपूर्ण स्थान रखते हैं। एगन्यूस से हमारी भेंट पहले भारत में हो चुकी है, इसलिए लंदन में मिलकर हमें और खुशी हुई थी। वहां के युवा लेखकों में हमारे यहां की तरह अराजकता नहीं है; आक्रोश है, लेकिन वह संयत है और लेखकीय स्थिति नारों से नहीं, लेखन से बनती है। एगन्यूस ने बताया कि अंगरेज़ी में अनेक युवा लेखक नये मूल्यों को लेकर आ रहे हैं और वे समूचे एशिया की शोषित जनता के प्रति तीव्रता से आकर्षित हो रहे हैं।

काफी रात बिनाची में हम बैठे रहे, वहीं से सीधे बी० बी० सी० पहुंचे, जहां उसी रात एक इंटरव्यू रिकॉर्ड कराना था। बी० बी० सी० यानी ब्रिटिश ब्रॉडकास्टिंग कारपोरेशन संभवतः दुनिया की सबसे बड़ी स्वायत्त प्रसारण-संस्था है।

सेक्स की दुकानें

लंदन दुनिया के बहुत बड़े शहरों में से है और जिस तरह दिल्ली को कनॉट प्लेस से जाना जाता है, लंदन की पहचान पिकाडली सरकस है। लंदन के पश्चिमी किनारे पर स्थित पिकाडली मनोरंजन का सबसे बड़ा केंद्र है। बड़ी-बड़ी दुकानें और शानदार थियेटर। एक पूरी सड़क है 'सेक्स' के लिए। बहुत बड़ी सेक्स की दुकानें हैं और 'पॉरनो' फिल्मों का एक खासा बड़ा अड्डा है।

'सेक्स शॉप' यूरोप के अन्य देशों की तरह हैं और यहां सभी तरह की छपी सामग्री से लेकर इठलाती और लचीली लड़कियां भी खरीदी जा सकती हैं। पब भी हैं और कैबरे थियेटर भी। बड़े होटल हैं तो भारतीयों द्वारा चलाए जाने वाले मामूली रेस्तरां भी। शाम उतरते पिकाडली में पहुंच जाइए, पूरी रात अपने-आप आसानी से कट जाएगी। इसीके थोड़ा आगे हाइड पार्क है, जो कई मीलों के घेरे में बसा है। उसीसे लगा दूसरा बाग है, जहां की झील में नौका-विहार की सुविधा है। पिकाडली में कबूतरों का झुंड और पानी के फव्वारे आते-जाते हर आदमी को आकर्षित करते हैं।

लंदन बहुत पुराना शहर है और घना बसा है। बंबई की तरह लाल रंग की बसें देखकर कभी-कभी लगता ही नहीं कि हम भारत में नहीं हैं। यहां के अनेक दर्शनीय स्थलों में पोस्ट ऑफिस का वह 620 फुट ऊंचा टॉवर भी है, जहां एक घूमता हुआ रेस्तरां है और माइक्रो-वेव रेडियो का केंद्र है। घूमते हुए रेस्तरां से जगमगाता हुआ सारा लंदन देखा जा सकता है।

बकिंघम पैलेस : इतिहास

लंदन की महारानी का अधिकारीय आवास—बकिंघम पैलेस-बहत बड़ा आकर्षण है। इस शानदार राजमहल को सन् 1703 में जॉन शेफील्ड ड्यूक ऑव बकिंघम ने बनवाया था। साठ वर्ष बाद जार्ज तृतीय ने इसे खरीद लिया और सन् 1837 में महारानी विक्टोरिया ने इसे राजमहल घोषित कर समूची ब्रितानिया सत्ता का शाही केंद्र घोषित कर दिया। पत्थरों से बना यह राजमहल आज भी महारानी का निवासस्थान है।

पंद्रह दिन हमने लंदन में गुजार दिए थे और इतने दिनों में ही यह शहर लगभग अपना-सा लगने लगा था। यूरोप के अन्य हिस्सों की तरह न तो यह अपरिचित लगा, न भाषा की कठिनाई हुई और न ही यह उतना महंगा है। एक बात ज़रूर है—आर्थिक विपन्नता का दौर लंदन में तभी शुरू हो गया था और पौंड की अंतर्राष्ट्रीय स्थिति डॉलर की तुलना में तेजी से नीचे आ रही थी।

5 बजे शाम रेल से हम शेफील्ड के लिए रवाना हुए। ढाई घंटे की यात्रा

निहायत आरामदेह थी। पूरी रेल में मुश्किल से 25 सवारियां थीं। मेरा पूरा डिब्बा केवल मेरे लिए था। बचपन में हमने पढ़ा था, शेफील्ड की कैंचियां सबसे अच्छी होती हैं और यह भी पढ़ा था कि पूरे शहर में दिन-रात धुआं चक्कर काटता रहता है। वह रात तो हमने हेलम टॉवर होटल पर गुज़ार दी, लेकिन दूसरी सुबह, जो रात की वर्षा के बाद धुलकर साफ हो गई थी और चमकने लगी थी, जब हमने शेफील्ड देखा, तब कहीं धुआं नहीं था। चारों ओर फूलों से सजे सुंदर बाग हैं और पहाड़ीनुमा घेरे में समूचा शहर बसा है। यह दुनिया का सबसे पहला शहर है, जहां पहला फौलाद का कारखाना बना था। आज भी दुनिया का सबसे बड़ा फौलाद का कारखाना शेफील्ड में ही है। यहां 1,600 फैक्टरियां हैं और 1,700 रजिस्टर्ड कंपनियां। एक ज़माना था, पूरा शहर जहरीले धुएं से ढका होता था। लोगों का रहना मुश्किल था, लेकिन बीस वर्षों के अथक परिश्रम के बाद वहां के नगर-प्रशासन ने शेफील्ड को एक स्वच्छ शहर बना दिया है। कारखानों पर प्रतिबंध लगाए गए और लोगों को कोयला जलाने से रोका गया।

प्रदूषण की रोकथाम

यहां के नगर-प्रशासन ने एक रंगीन फिल्म हमें दिखाई, जिसे देखकर एक समूचा नक्शा सामने आ गया—किस तरह नियमों, कानूनों और सख्त प्रयत्नों से प्रशासन ने इस शहर को अब इतना स्वच्छ बना दिया है कि प्रदूषण की समस्या को मिटाने के लिए जो कुछ किया जा सकता है, यह शहर उसका आदर्श बन गया है। अब चिमनियों से स्वच्छ धुआं निकलता है और सारा शहर ताजा हवा में तैरता रहता है। हमने विश्व का सबसे बड़ा फौलाद का कारखाना भी देखा और पूरा कारखाना घूमते हुए कहीं घुटन महसूस नहीं हुई। यहां के युवा इंजीनियर ने बताया कि कुछ समय पहले वे कुतुबमीनार के पास बने लौह-स्तंभ का एक छोटा-सा टुकड़ा परीक्षण के लिए ले गए थे। उन्हें आश्चर्य था, वर्षों बाद भी स्तंभ लोहे के जंग से कैसे बचा है! उन्होंने बताया कि परीक्षण के बाद वे इस नतीजे पर पहुंचे हैं कि उस लौह-स्तंभ के चारों ओर एक हलकी-सी ज़िक कोटिंग है और उन दिनों यह विधि दुनिया में

किसीको पता नहीं थी। उनका कहना था कि इससे सिद्ध होता है, भारत का अतीत समृद्ध रहा है और उन दिनों उसके पास वह जानकारी थी, जो शायद आज तक दुनिया को पूरी तरह उपलब्ध नहीं हो पाई।

उसी शाम हम बर्मिघम के लिए चल पड़े और शेक्सपियर के जन्मस्थान के पास ही चचिल के जन्म-स्थान को देखते हुए फिर एक पूरा दिन ऑक्सफोर्ड विश्वविद्यालय में व्यतीत कर हमें जो सुख और शांति मिली, अनुभव ही की जा सकती है।

अफ्रीका में

सागर पर सात दिन

सूरज नीचे उतर रहा था और सुबह से ओढ़ी हुई थकान को अपनी सांसों में सम्हाले हम एक विशालकाय जहाज़ में उत्साह के साथ चढ़ रहे थे। सीढ़ियां चढ़ते हुए हिन्दुस्तान की धरती के प्रति प्रेम और आक्रोश दोनों तरह के भाव रह-रहकर मस्तिष्क में उभर रहे थे—इस देश से बाहर जाना कितना कठिन है! रिज़र्व बैंक से किसी भिखारी की तरह एक-एक पैसा मांगने के लिए घंटों और दिनों की निरंतर याचना-भरी तपस्या। फिर अपने स्वस्थ शरीर के प्रमाणपत्रों को एकत्रित करते समय डॉक्टर की उन निगाहों का शिकार होना, जो संभवतः प्रत्येक व्यक्ति को 'बीमार' होने का प्रमाणपत्र देने के लिए आतुर-व्याकुल हैं।

शिपिंग कारपोरेशन के अधिकारियों ने सुबह से ही हमें इंदिरा डॉक (बेलार्ड पियर) पर ले जाकर खड़ा कर दिया था, जहां कस्टम से लेकर और हज़ार तरह की प्रक्रियाओं से हमें गुज़रना था। इन सबसे जब बाहर निकले, तब शरीर सचमुच अस्वस्थ होने के रास्ते पर था; परंतु वह चिता का विषय इसलिए नहीं था, क्योंकि डॉक्टर स्वस्थ होने का प्रमाणपत्र पहले ही दे चुके थे।

सूरज के नीचे उतरने के साथ ही जहाज़ का भोंपू बजा, उसने सीमेंट की तल-पट्टी छोड़ दी और एक कटोरी की तरह पानी पर तैर उठा।

उसके तैरते ही विदा देने वाले सैकड़ों हाथ हवा में हिलने लगे और जैसे-जैसे जहाज़ आगे पानी की ओर बढ़ता गया, महानगर बंबई का विशाल चेहरा

स्पष्ट दिखाई देने लगा। दूर से देखने पर पास का घिनौनापन अपनेआप मिट जाता है और सीमेंट तथा पत्थर की सीधी खड़ी ऊंची इमारतें भव्य हो उठती हैं। दूर से बंबई शहर बहुत प्रभाव छोड़ता है।

एक घंटे के बाद धरती का टुकड़ा हमारी आंखों से ओझल हो गया और अब चारों ओर रह गया पानी ही पानी ; बस, पानी! अरब सागर की ऊंची-नीची लहरें, काले के समीप पहुंचता हुआ उसका नीला जल, और उसके ऊपर तैरता हुआ मात्र एक द्वीप!

जहाज़ की दुनिया अलग होती है। उसे तैरता हुआ ज़मीन का टुकड़ा कहा जा सकता है। मनुष्य की बुद्धि के सामने चमत्कृत होना पड़ता है—उसके पास पंख नहीं थे, उसने विमान बना लिए; उसके पास मछलियों की तरह निरंतर पानी में बने रहने की शक्ति नहीं थी, उसने जहाज़ बना लिए। जहाज़ भी साधारण नहीं, वज़न में हज़ारों टन भारी और विशालकाय लोहे की मशीनों से भरा हुआ। मशीनों के ऊपर टिका हुआ एक पूरा छोटा शहर। कई बार लगा, इतना भारी वज़न कैसे पानी पर तैर जाता है, लेकिन कई प्रश्न ऐसे होते हैं, जिनका कोई उत्तर नहीं है।

धरती से कटने के बाद जब अपने को देखने की फुरसत मिली, तब हमने पाया, हम एक शानदार डी-लक्स केबिन में हैं। एक आलीशान ड्राइंगरूम, बढ़िया बेडरूम, उसीसे लगा स्नानगृह इत्यादि। फर्श पर गलीचे, चिकनी दीवारों पर दो खिड़कियां और खिड़कियों तथा दरवाज़ों पर परदे। भीतर से केबिन बन्द कर लेने पर ज़रा भी आभास नहीं होता कि हम पानी पर तैर रहे हैं। वह पूरा हिस्सा किसी डी-लक्स बड़े होटल के सुसज्जित कमरे से कम नहीं है। उसी तरह वह वातानुकूलित है और संगीत के हलके स्वर भी वहां बिखरते रहते हैं। फरनीचर के चुनाव में भारत की परंपरागत कला का ध्यान रखा गया है।

पहला दिन

हमें लेकर जो जहाज़ तैर रहा है, वह है 'हर्षवर्धन'। इस नाम के साथ ही इतिहास के पन्ने फड़फड़ा उठते हैं। वहां सम्राट हर्षवर्धन का नाम अमर

अक्षरों में अंकित है। कहा जाता है कि सम्राट हर्षवर्धन ने ईसवी सन् 606 से लेकर 647 तक भारत पर राज्य किया था। उन्होंने मौर्य और गुप्तवंश के वैभव को श्री दी थी और उत्तर भारत में पंजाब से असम तक, समूचे मध्य भारत, गुजरात और काठियावाड़ तक उनकी सत्ता फैली थी। महाविजेता होने के साथ-साथ हर्षवर्धन कलाप्रिय, विद्वान और धर्मरक्षक शासक के रूप में जाने जाते हैं। संस्कृत के महाकवि बाणभट्ट और दिवाकर उनके राज्य के साथ जुड़े हुए थे। सम्राट अशोक की तरह हर्ष ने भी बौद्ध धर्म स्वीकार कर लिया था। विश्वविख्यात नालंदा विश्वविद्यालय की स्थापना उन्हीं के समय हुई थी। चीनी यात्री ह्वेन सांग के अनुसार हर्ष महाप्रतापी और उदार सम्राट थे। वे सभी धर्मों का समान रूप से आदर करते थे और अपनी जनता के दुःख-दर्द देखने स्वयं उनके पास तक जाया करते थे। हर्ष न्यायप्रिय, कर्तव्यनिष्ठ और विद्वान शासक थे। उनके कार्यकाल में प्रजा सुखी थी और गुप्तवंश की महान परंपरा को उन्होंने जाग्रत् रखा था।

इतने महान सम्राट के नाम पर ही इस जहाज को संज्ञा दी गई है। इतिहास के सामने आते ही उसी वैभव का भान अचानक होने लगता है। शिपिंग कारपोरेशन ने महापुरुषों के नामों को लेकर ही अपने जहाजों के नाम रखे हैं और इस तरह भारतीय इतिहास को विदेशों तक पहुंचाने का काम किसी तीर्थ-यात्री की तरह किया है।

पहली बार जहाज़ पर बैठने के बाद सब कुछ देख जाने की आतुरता को रोकना कठिन होता है। पूरा जहाज़ छः मंज़िलों में बंटा है—(1) सबसे ऊपर ब्रिज डेक (2) उसके नीचे बोट डेक, फिर (3) प्रोमेंडे डेक (4) अपर डेक (5) मेन डेक और (6) लोअर डेक।

सबसे नीचे मशीनें हैं। सबसे ऊपर जहाज़ का कंट्रोल-रूम है—वहीं जहाज के कप्तान का कमरा है, जो समूचे जहाज़ के लिए जिम्मेदार होता है। बीच के हिस्सों में अलग-अलग भोजन-गृह, दवाखाना, बच्चों के लिए नर्सरी विभाग, एक छोटी दुकान, रेडियो और संगीत-कक्ष, खेलने के लिए स्थान, स्वीमिंग पूल, प्रशासनिक कक्ष, नाई और धोबी की दुकानें और यात्रियों के निवास के लिए कमरे।

दूसरा दिन

पहले दिन की आधी रात के समय ही हर्षवर्धन' ने भारतीय समुद्र की सीमा छोड़ दी थी। इसलिए सुबह से ही विदेशी सामानों की दुकानें और विदेशी मदिरालय खुल गया। नीचे महासागर का पानी पहले से ज़्यादा काला भी हो उठा है। काले पानी के दो कारण हैं—या तो बहत गहराई अथवा आकाश की छाया। आकाश में बदलते हुए परिदृश्यों का सागर की सतह पर असर पड़ता है। वैसे भी बताया गया कि वहां पानी कम से कम तीन किलोमीटर गहरा तो होगा ही।

जहाज़ के कप्तान से पहले दिन संक्षिप्त-सी भेट हुई थी। आज थोड़ा अवकाश मिला, तो जानने-पहचानने का अवसर मिला। कप्तान सुखदयालसिंह की आयु मात्न तैंतालीस वर्ष की है। पंजाब में जन्मे कप्तान सिंह भारत के सबसे युवक कप्तान माने जाते हैं—चुस्त, हंसमुख और उत्साही। सन् 1949 में एक सामान्य कैडेट के रूप में इस सेवा में कप्तान सिंह ने प्रवेश लिया और सन् 1962 में पहली बार एक मालवाही जहाज़ के कप्तान बने। एक कैडेट के रूप में कठिन प्रशिक्षण दिया जाता है, ताकि महासागर की कठिनाइयों से धैर्य के साथ निपटने की क्षमता उनमें आ जाए।

उस समय समंदर शांत था। लहरें कितनी ऊंची होंगी, इसका अंदाज़ केवल किनारे पर लग सकता है। पानी के उस सैलाब में लगता था, सब कुछ पिघले हुए तारकोल-सा लचीला है। जहाज़ आगे बढ़ता है, तब अपने पीछे जैसे शीशे का चौड़ा रास्ता बनाता चलता है। थोड़ी देर में पीछे छूटा रास्ता मिट जाता है और अगला नया रास्ता जन्म लेता है।

समंदर हमेशा इतना शांत नहीं रहता। कप्तान सिंह के जीवन में प्रचंड महासागर से जूझने के भी प्रसंग आए हैं। तब समूचा जहाज़ इतनी तेजी से हिलता है कि यात्नी के करने लगते हैं। इसे 'सी-सिकनेस' कहते हैं। ऐसा कुछ तो मौसम के साथ होता ही है और कप्तान के लिए यह साधारण घटना है। कप्तान सिंह के अब तक के जीवन में कोई विशिष्ट घटना या दुर्घटना नहीं हुई, इसलिए उन्हें 'भाग्यशाली व्यक्ति' माना जाता है।

कप्तान के साथ उनकी पत्नी भी चलती हैं। श्रीमती सिंह दिलचस्प, मज़ेदार और जीवट की महिला हैं। वे बातूनी भी हैं और कप्तान को अपनी मुट्ठी में भी रखती हैं।

हर्षवर्धन' पहला आरामदेह (लक्ज़री लाइनर) जहाज़ है, जिसे केवल भारतीयों ने मझगांव बंदरगाह में तैयार किया है। इस जहाज़ की मुख्य मशीनें पोलैंड से खरीदी गई हैं, लेकिन अन्य बड़ी मशीनें इंग्लैंड की हैं और कई तो भारत में ही बनी हैं। यह जहाज़ भारतीय कला-क्षमता का एक उदाहरण है और इसे आजाद भारत का विदेशों में घूमने वाला 'राजदूत' कहा जा सकता है। जहाज़ का भीतरी सौंदर्य पूरी तरह भारतीय रखा गया है, ताकि विदेशी यात्री उसीमें भारत की झलक देख लें।

'हर्षवर्धन' में 753 यात्रियों के लिए व्यवस्था है। इनमें केबिन क्लास में 153 और बंक क्लास में 600 यात्री रह सकते हैं। केबिन क्लास के तीन भाग हैं—(1) डी-लक्स 25 (2) प्रथम श्रेणी 28 (3) द्वितीय श्रेणी 100।

डी-लक्स केबिन हर्षवर्धन की अपनी एक विशिष्टता है। प्रत्येक केबिन में एक बेडरूम, एक ड्राइंगरूम, स्नानगृह इत्यादि की व्यवस्था है। इन केबिनों में टेलीफोन की भी व्यवस्थाहै। पूर्वी अफ्रीका जाने के लिए यात्रियों को किराया इस तरह देना पड़ता है, जिसमें भोजन भी जुड़ा हुआ है।[1]

तीसरा दिन

बंबई से जब हम चले थे, हमने सोचा था, सारी व्यवस्थाओं को तोड़ते चलेंगे। वैसे भी जहाज़ के वेलफेयर ऑफीसर ने घोषणा की थी, "अब कुछ दिन इस जहाज़ को अपना घर समझिए।" लेकिन इसके बावजूद व्यवस्था में बंध जाना पड़ा।

1\.

श्रेणियां	जाने का किराया (रुपयों में)	वापसी (शिलिंग) में
बंक श्रेणी—	1,200 रुपये	1,095
केबिन प्रथम श्रेणी—	2,030	1,855
द्वितीय श्रेणी—	1,630	1,760
केबिन डी-लक्स सैलून—	2,800	2,555

जहाज़ पर बजने वाला वह घंटा नहीं भुलाया जा सकता—सुबह साढ़े आठ बजे नाश्ते के लिए घंटा बजता है। बिलकुल स्कूल का घंटा है वह। एक आदमी उसे बजाते हुए सारे जहाज़ पर घूम जाता है। साढ़े बारह बजे भोजन का समय होता है, तब फिर घंटा बजता है। शाम चार बजे चाय का घंटा और साढ़े छः बजे रात्रि-भोजन का घंटा—घंटा, घंटा, घंटा। तीसरे दिन ही हम इस व्यवस्था से तंग आ गए और फिर शाम साढ़े छः बजे भोजन करना कितना कठिन होता है! अनेक यात्रियों ने इसे लेकर नाराज़गी प्रकट की, इस तरह व्यवस्था में बांध देना ज़्यादती है। शाम सात बजे खाना समाप्त कर पानी पर लंबी रातें बिताना आसान नहीं है।

आज शाम वैसे एक फिल्म दिखाई जा रही है—हिंदी फिल्म। ऐसी दो फिल्में अगले दिनों में और दिखाई जाएंगी। आज की फिल्म है—धरती कहे पुकार के'। जहाज़ में अनेक-भाषी और अनेक देशों के व्यक्ति हैं, लेकिन हिंदी की फिल्में प्रत्येक देखना चाहता है। हिंदी-प्रचारकों को इस घटना से कुछ सीखना चाहिए।

चौथा दिन

तीन दिन बीत गए, सब शांत है। लगता है, जहाज़ पानी पर फिसल रहा है। सड़क पर कार से यात्रा करने पर इससे ज़्यादा धक्के लगते हैं।

'हर्षवर्धन' की गति 17 नाटिकल मील या 20 किलोमीटर प्रति घंटा है। यह अच्छी गति समझी जाती है। इस गति से बंबई और मोम्बासा के बीच की 2,563 मील की दूरी हर्षवर्धन' छः दिन और बारह घंटे में पूरी करता है।

पानी के बीच अचानक कुछ दूर एक जहाज़ और दिखाई दिया। पता चला, वह 'एलिज़ाबेथ-2' है। हमारा जहाज़ थोड़ी ही देर में उसके इतने पास पहुंच गया कि उसे आसानी से देखा जा सकता था। वह दुनिया का सबसे लंबा और सबसे गतिशील जहाज़ है। वह 22 किलोमीटर प्रति घंटा (हर्षवर्धन 20 कि० मी० जाता है) की रफ्तार से चलता है। पूरा जहाज़ वातानुकूलित है। पता चला, वह विश्व-यात्रा पर निकला है और तीन महीने में सारी यात्रा पूरी कर लेगा।

शाम को जहाज़ के चीफ इंजीनियर श्री बालकृष्ण चितामणि कर्वे से भेट हुई। श्री कर्वे की आंखें अभी भी याद हैं—समूचे जहाज़ में वे एक दिलचस्प व्यक्ति के रूप में उभरकर आए, और वे आसानी से किसी कहानी या उपन्यास के पात्र बन सकते हैं। निहायत जिंदादिल, मस्त और हर शाम खो जाने वाले श्री कर्वे पूना के विख्यात कर्वे-परिवार के हैं। सन् 1946 से वे समुद्री सेवाओं में हैं और सन् 1962 से चीफ इंजीनियर के पद पर कार्य कर रहे हैं। जहाज़ की दानवाकार विशाल मशीनों का संचालन श्री कर्वे का उत्तरदायित्व है। अपने सेवाकाल में उन्हें अनेक कठिनाइयों का सामना करना पड़ा, लेकिन अपनी तत्परता और सूझबूझ के कारण उन्होंने कठिनाइयों को कभी भी हावी नहीं होने दिया।

श्री कर्वे जहाज़ पर अकेले बिना पत्नी के चलते हैं। शाम होते ही उनका व्यक्तित्व उभर उठता है। दिन-भर इंजीनियर की पोशाक में घूमने वाला यह व्यक्ति शाम को सही कपड़े पहनकर रंगीन गिलासों के सामने बैठ जाता है। इतने दिन की यात्रा में शाम की मदिरा का भान ही संतोष की सांस छोड़ जाता है।

पांचवां दिन

'हर्षवर्धन' के 'व्हील हाउस' में जाकर पता चला, धरती हमसे कम से कम 160 मील दूर है। आगे की दूरी की कल्पना ही व्यर्थ है। व्हील हाउस हमारे लिए आकर्षक रहा है। हमारे केबिन में अकसर रात-बिरात फोन आते रहे हैं, और जब उठाया है, तब पता चला है कि वह 'व्हील हाउस' के लिए है। गुस्सा आता रहा, इतनी रात यह व्यवधान क्यों?

'व्हील हाउस' वास्तव में जहाज़ का संचालन केंद्र है। यहां हमारी भेट 'चीफ ऑफीसर' से हुई। अभी दो महीने पहले ही मोम्बासा में एक नर्स से चीफ ऑफीसर का विवाह हुआ है। उनकी पत्नी उनके साथ है, लेकिन दो दिन बाद ही मोम्बासा पहुंचकर वे जहाज़ छोड़ देंगी, तब? पिछले तीन दिनों से चीफ ऑफीसर और उनकी पत्नी हमारे कटाक्षों का केंद्र हैं और वे भी हैं कि उनका मज़ा लेने में नहीं चूकते।

सूरज पहले से तेज़ होता जा रहा है—बंबई से मोम्बासा तक पहुंचते गरमी बढ़ जाएगी और घड़ी का समय भी तीन घंटे पीछे चला जाएगा। अब तक दो घंटे घड़ी पीछे जा चुकी है। पश्चिम में होने से समय में यह अंतर पड़ जाता है।

आकाश ज़्यादा साफ और खुला है, इसलिए महासागर का पानी कुछ हरा हो उठा है। लहरें पहले से ऊंची हैं। उन लहरों पर अचानक कई पक्षी तैरने लगते हैं और उड़कर फिर लहरों में खो जाते हैं—इतनी दूर, जहां धरती का नाम नहीं, पक्षी कहां से आते हैं? पता चला, वे पक्षी नहीं हैं, उड़ने वाली मछलियां हैं। पहली बार उड़ने वाली मछलियां देखकर आश्चर्य हुआ।

हमारे लिए वह कौतूहल का विषय था। हम मछलियां देख रहे थे, तभी वेलफेयर ऑफीसर श्री परूलेकर एक अखबार लेकर आ गए। जहाज़ में रोज़ सुबह साइक्लोस्टाइल किया हुआ एक बुलेटिन छपता है, जिसमें देश-विदेश के महत्त्वपूर्ण समाचार होते हैं। बुलेटिन के नीचे एक 'उक्ति' होती है। श्री परूलेकर मेहनत के साथ उसे बनाते हैं।

"आपको यह कैसा लगा?"—उनका प्रश्न सीधा है। मैंने बुलेटिन की पंक्ति पढ़ी, 'नदी के बहाव की तरह अपनी ज़िंदगी को आगे बढ़ाओ, ताकि वह गंदली होने से बची रहे।'

"बहुत अच्छा, सचमुच बहुत अच्छा विचार है।"

"मैंने स्वयं लिखा है।"

श्री परूलेकर उत्साही व्यक्ति हैं। उन्हें किसी विश्वविद्यालय में लेक्चरर होना था। उनका यही अखबार समाचारों का सहारा है। रेडियो से समाचार उन्हें मिलते हैं। लेकिन रेडियो की गति कितनी धीमी है, इसका अंदाज़ा इसीसे लगाया जा सकता है कि भारत में एक विभाग के मंत्री बदल गए, लेकिन इसकी खबर भारत वापस आने के पहले नहीं मिल सकी। श्री परूलेकर के बुलेटनी अखबार को और दक्ष होना चाहिए।

दोपहर बंक क्लास में अचानक शोर होने लगा। थोड़ी देर पहले श्री परूलेकर ने घोषणा की थी कि बंक क्लास के यात्री ऊपरी डेक पर नहीं आ सकते और न यहां के स्वीमिंग पूल का लाभ उठा सकते हैं। बंक क्लास

के यात्रियों की शिकायत है कि ऐसी स्थिति में उनके लिए अलग स्वीमिंग पूल होना चाहिए। केबिन क्लास के यात्रियों की आपत्ति भी उतनी ही सही है—बंक के मुसाफिर स्वीमिंग पूल और खुले हुए डेक की कुरसियों पर कब्ज़ा कर लेते हैं और किराया केबिन क्लास की अपेक्षा बहुत कम देते हैं। उनका कहना है, जो जितना दे, उतनी सुविधा ले; परंतु सात दिन लगातार पानी पर चलते रहना और नहाने के लिए स्वीमिंग पूल न मिले, यह भी तो अजीब है। जहाज़ का जब ले-आउट बनाया था, यह बात ध्यान रखनी थी!

शाम भोजन के बाद 'हौजी' का खेल और फिर गहन काली रात्रि में अचानक चुप्पी! केवल जहाज़ की घरघराहट और पानी के 'छप-छप' स्वर। केबिन से खिड़की के बाहर झांककर देखने पर कितना भय लगता है—अंधेरी रात में महासागर महाविकराल दैत्य की तरह भयानक दिखाई देता है। यदि लगातार पानी को घरा जाए तो शायद वह अपनी ओर आदमी को खींच ले।

छठा दिन

जहाज़ के कर्मचारियों में डॉक्टर एक और ऐसा प्राणी है, जो भुलाया नहीं जा सकता। उतरती उमर का यह व्यक्ति किसी भी मरीज़ को देखकर खुश हो उठता है। जब महासागर उथल-पुथल मचाता है और समूचा जहाज़ हवा के पंखों की तरह हिलता है, तब यात्री 'सी-सिकनेस' से परेशान हो उठते हैं। उस समय सबसे तत्पर डॉक्टर होता है। इन दिनों जहाज़ शांत है, इसलिए रोगी नहीं हैं। इने-गिने रोगी आते हैं, वे भी पेट की शिकायत लेकर—गैसें बनती हैं। डॉक्टर के साथ एक नर्स है, एक कंपाउंडर। दो 'इनडोर वार्ड' भी हैं और उन्हें खाली देखकर डॉक्टर परेशान हो उठता है।

जहाज़ पर दवाएं चिकित्सा के अंतर्राष्ट्रीय मानदंड के आधार पर रखी जाती हैं। यह मानदंड कितना अधूरा है कि सबसे अधिक गैस और पेट के मरीज़ जहाज़ पर होते हैं। उनके लिए ही इसकी अच्छी दवाएं नहीं हैं। हमें जहाज़ के कप्तान की पत्नी श्रीमती सिंह ने घर का बना चूरन दिया था और वह

इतना अच्छा निकला कि हम गैस की शिकायत से बच गए।

दोपहर जब डॉक्टर ने आकर हमसे वह चूरन मांगा, तब बरबस हम अपनी हंसी नहीं रोक सके। चिकित्सा के अंतर्राष्ट्रीय मानदंड के लिए यह एक चुनौती है।

दोपहर के भोजन के बाद अचानक घंटियां बज उठीं। इसके पहले यदि सूचना न दी जाती तो मुसाफिर परेशान हो उठते। यह अभ्यास था—संकट-काल के लिए। यदि जहाज़ में आग लग जाए या जहाज़ डूबने लगे, तो क्या करना चाहिए? जहाज़ में लगभग 162 कर्मचारी होते हैं। ये सभी सुरक्षा-साधनों को पहनकर डेक पर पहुंच गए। यात्रियों ने भी 'लाइफ-बैग' या सुरक्षा के थैले पहन लिए हैं। जहाज़ के डेक पर दोनों ओर मोटरबोट हैं। यदि जहाज़ डूबने लगे तो यह मोटरबोट मशीन से पानी पर उतार दी जाती हैं और यात्री 'लाइफ-बैग' पहनकर समुद्र में उतर जाने हैं। वह जीवन और मृत्यु के बीच का सबसे बड़ा संघर्षमय क्षण होता है। कब मुसीबत आ जाए, किसे पता, इसलिए यह अभ्यास कराया जाता है, ताकि यात्री अचानक आए संकट का सामना कर सकें।

अभ्यास समाप्त हुआ तो सबके चेहरे मुसकान से भर गए। कप्तान ने हंसते हुए बताया, "आज तक ऐसा क्षण नहीं आया, लेकिन हम अभ्यास तो करते ही हैं।"

अंतिम दिन

सातवें दिन सुबह बताया गया कि जहाज़ अगले दो-तीन घंटे में मोम्बासा पहुंच जाएगा, तो यात्रियों की खुशी का अंत नहीं। सात दिनों का धरती से अलगाव कितना भारी होता है! फिर जहाज़-बंधी ज़िंदगी। यद्यपि भोजन अच्छा है, व्यवस्था भी ठीक है, परंतु यदि यात्री आपस में दोस्ती न कर लें तो अकेलापन भी कितना कठिन है! विमान-यात्रा में परिचारिकाएं होती हैं, जबकि वह यात्रा मात्र कुछ घंटे के लिए है। जहाज़ में जब लगातार कई दिनों तक चलना होता है, तब तो यहां मृदुभाषी और चुस्त परिचारिकाएं

होनी चाहिए। इससे यात्रियों को सुविधा भी मिलेगी और उनके डूबे हुए चेहरे कहीं खिल भी उठेगे। यह एक ऐसा प्रश्न है, जिसपर शिपिंग कारपोरेशन को गंभीरता से सोचना चाहिए। जहाज़ व्यापार के लिए चलाया जाता है तो सुविधाएं देना भी उनका काम है।

जहाज़ पर मनोरंजन के साधन अल्प हैं। परिचारिकाओं का चुनाव कला, संगीत आदि के आधार पर किया जा सकता है। शाम को मात्र दो-ढाई घंटे फिल्म दिखा देना या तंबोला खेलना पर्याप्त नहीं है। फल यह होता है कि पूरी यात्रा में केवल शराब यात्रियों को साथी होती है। जहाज़ के कर्मचारी भी सेवा-नियमों से उतने संतुष्ट नहीं हैं, इसलिए जिनको जब अवसर मिलता है, विदेशी कंपनियों में चले जाते हैं। इस सचाई के साथ एक तथ्य यह भी है कि जहाज से जाने वाले मुसाफिर भी तो कम होते हैं। 753 यात्रियों को ले जा सकने वाले जहाज़ में मात्र 300 यात्री! अफ्रीका के साथ भारतीय संबंधों के अंतर का कारण है कि मुसाफिरों की संख्या कम रहती है।

'हर्षवर्धन' दुबाई भी जाता है और तब मुसाफिर उसमें पूरे होते हैं। मुसाफिर पूरे हों या कम, जो भी यात्री यात्रा करते हैं, सुविधाओं की अपेक्षा उन्हें रहती ही है। इसलिए इस संबंध में कोई दलील काम नहीं कर सकती।

'हर्षवर्धन' ने अपनी पहली यात्रा 6 दिसंबर, 1674 को बंबई से आरंभ की थी। यह 'हर्षवर्धन' की तीसरी यात्रा थी, जिसमें हम जा रहे थे। विशुद्ध स्वदेशी और भारतीयता का प्रतीक यह जहाज़ भारतवासियों के लिए गर्व का विषय हो सकता है। किसी भी बड़े विदेशी जहाज़ से यह कम नहीं है और सारी यात्रा पूरी तरह आरामदेह और आसान होती है।

अब हम अपना सामान समेटने लगे थे—सात दिन का मकान खाली करना था। समूचे जहाज़ में चहल-पहल आरंभ हो गई थी। कप्तान पूरी पोशाक पहने दूरबीन के साथ डेक पर पहुंच गए थे। अन्य अधिकारियों ने अपने-अपने मोरचे संभाल लिए थे।

देखते ही देखते धरती का एक कोना हमारी आंखों के सामने उभर

आया। उसे देखते ही मन बांसों उछलने लगा। इतने दिनों तक पानी पर रहने के बाद मिट्टी का मोल पता चलता है। मोम्बासा भारत की भूमि नहीं है, लेकिन उससे क्या, मिट्टी तो वही है! महासागर पर विजय का प्रतीक धरती का स्वागत है!

यह दुनिया पानी से भरी है और धरती जैसे पानी पर तैरती हुई एक गेंद है। अचानक वह गेंद हमने पकड़ ली है। ज़िंदगी का सबसे सुखद क्षण किसी भी खेल में बाजी मार लेना ही तो है।

एक और हिंदुस्तान!

'रूडोल्फ, कार रोको," यह लिन की आवाज़ थी। लंबी यात्रा के बाद सुस्ती और थकान दोनों में ग्रस्त रूडोल्फ तेजी से कार बढ़ाए जा रहा था। धूप धीरे-धीरे ऊपर उठ रही थी और घने जंगलों के नीचे परछाईं की तरह अंधेरा उतरने लगा था। शाम होने के पहले यह ज़रूरी है कि हम किसी गांव में पहुंच जाएं।

थोड़ी देर पहले ही जो बीत चुका था, फिर वही दोहराया जाए, हममें से कोई नहीं चाहता था। रूडोल्फ दर्द से पीड़ित भी था और शायद इसलिए बिना कुछ सोचे कार बढ़ाए जा रहा था। हमारे आवाज़ देते ही उसने अचानक ब्रेक लगा दिया और एक ज़ोर के धक्के के साथ कार रुक गई, लेकिन रुकते-रुकते उसके सामने का पहिया नीचे धंस ही गया।

हम नीचे उतरे तो दोनों ओर हलका पानी भरा था। पहले तो नीचे उतरने में ही भय लग रहा था, दोपहर को नीचे उतरते समय ऐसा कुछ ही तो हुआ था। एक घने जंगल के बीच अपनी कार रोककर हम नीचे उतरे थे। न जाने ऊपर से कैसी एक तेज़ आवाज़ आई और इसके पहले कि उस आवाज़ के बारे में हम सोच सकते, सफेद चींटियों का एक पूरा झुंड नीचे कूद पड़ा था। किसी बड़े वृक्ष से यह सब हुआ था। यात्रा शुरू करने के पहले हम पढ़ चुके थे

कि यहां कुछ स्थान ऐसे हैं, जो खतरनाक हैं। वहां ऐसी चींटियां होती हैं, जो आदमी को खा जाती हैं। चींटियां आदमी को खा सकें, कुछ अजीब लगता है, लेकिन सत्य है। वे शरीर पर गिरकर अपने तेज़ जबड़ों से सीधे भीतर घुस जाती हैं और फिर भीतर ही भीतर खून पीने लगती हैं। एक समय ऐसा आता है कि ऊपर से स्वस्थ और सही दिखने वाला आदमी दम तोड़ देता है। यदि यात्रा आरंभ करने के पूर्व यह सब न जान लिया होता तो उस दिन रूडोल्फ हमारे बीच न बच पाता। उसने तुरंत कार के ऊपर लगी हुई पेट्रोल-टंकी खोल दी थी और उसीमें उसने स्नान किया था। पेट्रोल से चींटियां मर गई थीं और रूडोल्फ तेजी से कार के भीतर आ गया था।

हम ही जानते हैं, हमने किस तरह तेज़ गति से अपनी कार बढ़ाई थी: लेकिन पंद्रह मिनट के बाद ही वह गति टूट गई। रूडोल्फ दर्द से कराह रहा था। सामने कच्ची सड़क और कच्ची हो गई थी और किसी तरह हम कार चला पा रहे थे।

अचानक नीचे उतरे तो सड़क पर पानी था। वहां दलदल भी हो सकता है। तब?

सूखे, भूखे और नंगे

कुछ लोग आते हुए दिखाई दिए—सूखे, भूखे और नंगे। पेट बढ़ा हुआ और हड्डियां बाहर को निकली हुईं।

—जंबो!

—जंबो, जंबो!

—नजूरी!

—नजूरी! नजूरी!

'जंबो' का अर्थ है, 'हलो' और 'नजूरी' का अर्थ है, 'वेलकम'। लेकिन इसके आगे? आगे क्या बोला जाए! एक-दूसरे को समझना मुश्किल है। किसी तरह हमने स्वाहिली भाषा के कुछ कामचलाऊ शब्द सीख लिए थे। ये लोग हाथ में तीर-कमान लिए थे, इसलिए कुछ भी पूछने के पहले भय भी लग रहा था, लेकिन उस समय किसी तरह जाइरे से बाहर निकलना हमारा

संकल्प था। उन टूटे-फूटे शब्दों और इशारों से हमने उन लोगों को अपनी कार के आसपास पड़ा हुआ पानी दिखाया।

वे चुपचाप देखते रहे। एकाएक हमें ध्यान आया, हमने कुछ बीड़ियां, कुछ डबलरोटियां और अंडे उन्हें दिए तो वे सब जैसे उनपर टूट पड़े। उनकी मुखमुद्रा से हमें यह एहसास हो गया कि ये हमारे दोस्त बन गए हैं। उनमें से दो-तीन पुरुष झाड़ियों के भीतर चले गए और वहां से लकड़ी के तख्ते उठा लाए। उन्हें सामने बिछाकर उनके ऊपर से हमने अपनी कार निकाली। कार जैसे ही बाहर आई, हम सबने चैन की सांस ली। कुछ शिलिंग उन लोगों को हमने दिए, एक बार फिर 'जंबो' और 'नजूरी' दोहराया और वहां से चल पड़े।

ज़ाइरे का बहुत बड़ा इलाका घने जंगलों और कच्चे रास्तों से भरा है। कई स्थान ऐसे हैं, जहां से कार निकालना भी कठिन है। कई जगह दिन में भी अंधेरा रहता है। आदिवासी कबीलों की छोटी-छोटी झोंपड़ियां कहीं-कहीं रास्ते में मिलती हैं, लेकिन एक सफारी के लिए ये सुरक्षित स्थान नहीं हैं। भाषा की कठिनाई और उन जंगली जातियों के स्वभाव की कम समझ, कभी भी परेशानी पैदा कर सकती है।

जाइरे पुराना कांगो है। कांगो अफ्रीका का सबसे पिछड़ा हुआ हिस्सा रहा है। रबर के घने जंगलों से इसका अधिकांश भाग घिरा है। यहां-वहां दलदल भी हैं और बड़े-बड़े मच्छर, जिनके काटने से 'येलो फीवर' हो जाता है। इसलिए अफ्रीका जाने के पहले 'येलो फीवर' का इंजेक्शन अपनी ही सुरक्षा के लिए अत्यंत आवश्यक है।

विभाजित महाद्वीप

आगे रास्ता भी बहुत आसान नहीं था। कच्ची सड़क पर झाड़ियां और कई जगह सीधे गिरे हुए वृक्ष। सुना ज़रूर है कि धीरे-धीरे जाइरे की नई सरकार पक्की सड़कें बना रही है। अंगरेजों, डचों और पुर्तगालियों की 'कृपा' से समूचा अफ्रीका महाद्वीप विभाजित है। छोटे-छोटे देश और बहुत छोटे कबीले। आपस में वे लड़ते रहते हैं। अधिकांश कबीले के कबीले ईसाई धर्म स्वीकार कर चुके हैं। जहां कुछ भी शिक्षा है, वहां अंगरेज़ी का साम्राज्य

है। स्वाहिली मात्र एक बोली है। उसका कहीं कोई लिखित साहित्य नहीं है। कीनिया पहुंचकर हमें पता लगा कि वहां की सरकार अब स्वाहिली को रोमन लिपि का रूप देकर एक भाषा की तरह तैयार कर रही है।

पूर्वी अफ्रीका में कीनिया ही सबसे उन्नत और आगे बढ़ा है। दस वर्ष पहले इस देश को अंगरेजों से मुक्ति मिली थी और वहां के राष्ट्रपति जोमो केन्याटा ने अपने देश का विकास करने का संकल्प ले लिया था। अनेक कठिनाइयों और कमियों के बावजूद कीनिया आगे बढ़ रहा है। भारत की तरह वहां भी रिश्वतखोरी का जोर है और इसलिए गति धीमी है, लेकिन आश्चर्य यह है कि वहां चीज़ों में मिलावट नहीं है।

समूचे कीनिया की आर्थिकता आज भी अंगरेज़ों की मुट्ठी में है, क्योंकि वहां सूई से लेकर टूथपेस्ट तक इंग्लैंड से इंपोर्ट होता है। उद्योगों का अभाव है। एक सीमेंट कंपनी है और एक कागज़ बनाने का कारखाना। कुछ कारखाने हैं, जहां 'चीज़' बनती है। कीनिया चीज़ और बीयर के लिए प्रसिद्ध है। वहां दर्जनों किस्म की चीज़ें बनती हैं और 'तस्कर' बीयर को विश्व की सबसे श्रेष्ठ बीयर होने का प्रमाणपत्र मिल चुका है।

सबसे सुंदर शहर

नैरोबी कीनिया की राजधानी है और समूचे अफ्रीका का सबसे सुंदर और साफ-सुथरा शहर है। ऊंची इमारतें और तारकोल की खूबसूरत सड़कें। पक्के और मजबूत बने हुए चौराहे। हिल्टन तथा स्टेनले जैसे आलीशान होटल। विदेशी कारों का काफिला—इतना लंबा कि कारपार्किंग के लिए स्थान मिलना मुश्किल है। संभवतः आदमियों से ज़्यादा वहां कारें हैं। अधिकांश फोर्ड और वॉक्सवैगन। पान की दुकानवाला भी आलीशान कार रखता है।

नैरोबी का समूचा व्यापार भारतीयों के हाथ में है। वहां रहते हुए कई बार ऐसा आभास हुआ, जैसे हम भारत में ही रह रहे हैं। राजकोट और अहमदाबाद के गुजराती भाई, कुछ सिंध-बम्बई के कच्छी और पारसी और थोड़े सरदार। किसी भी दुकान में जाकर हिंदी बोली जा सकती है और सामान खरीदा जा सकता है। भारतीयों के पास मनमाने पैसे हैं और उसी

तरह वे रहते भी हैं। इसका परिणाम यह हुआ है कि नैरोबी का बाज़ार खासा महंगा है।

भारतीयों से वहां के निवासी घृणा करते हैं—यह वहां रहने वाले भारतीयों को अच्छी तरह ज्ञात है, इसलिए उनमें से अधिकांश ब्रिटेन अथवा कनाडा का पासपोर्ट लिए हुए हैं। वे भारत पैसे भेजते हैं और कभी भी यदि निकाले जाएं तो इंग्लैंड या कनाडा भाग सकते हैं। भारत बहुत कम लोग आना चाहते हैं, क्योंकि उन सबका यह कहना था, "जो कुछ हम यहां से ले जाएंगे, सब कुछ पहले तो लाइसेंस आदि लेने के लिए रिश्वत में खर्च हो जाएगा। कारखाना चलाने के लिए हमारे पास बचेगा क्या?"

एक अलग हिंदुस्तान

यह सचाई सुनकर हमें दुःख हुआ था। भारत ने ही अफ्रीका को आज़ादी दिलाने में मदद की है। आज भी नैरोबी में 'नेहरू स्ट्रीट' और मोम्बासा में 'गांधी रोड' है। स्वयं जोमो केन्याटा महात्मा गांधी से प्रभावित हैं। आज़ादी के 27 वर्षों में भारत ने जितनी प्रगति की है और उद्योगों का जो विकास हुआ है, पूरे अफ्रीका में उसकी शुरुआत भी नहीं हुई। भारत के इंजीनियरों ने ही अफ्रीका के कई देशों को आधुनिक बनाया है। स्वयं कीनिया ने भारतीय इंजीनियरों की मदद ली है, लेकिन वहां रहने वाले भारतवासियों ने गड़बड़ी भी कम नहीं की। वे अब भी 'भारतीय अंगरेज़' के नाम से जाने जाते हैं। मनमाना पैसा कमाकर भी अफ्रीका के दलित, भूखे और नंगे लोगों के लिए उन्होंने कुछ नहीं किया। वे चाहते तो स्कूल, अस्पताल और धर्मशालाएं बनवाकर वहां के निवासियों का मन जीत लेते। वहां रहकर भी वे अपने घरों और दायरों में बंटे हैं और लगता है, 'एक अलग हिंदुस्तान' बनाकर वे वहां भी रहते हैं। इसलिए चाहे नैरोबी हो या मोम्बासा, शाम ढलते ही भारतीयों के लिए बाहर निकलना मुश्किल है-सड़क पर चलते हुए दो लोग आपके आगे-पीछे होकर कहीं भी कुछ भी छीनकर भाग सकते हैं। शाम होते ही सड़के सूनी हो जाती हैं या फिर शीशा चढ़ाकर अपनी बंद कारों में ही घूमते हुए लोग नजर आते हैं।

जानवरों का देश

अफ्रीका जानवरों का देश है, यदि यह कहा जाए तो किसी तरह वहां के निवासियों का अपमान नहीं होगा। सिंह से लेकर हाथी, ज़ेबरा, जिराफ, हिप्पो और सुअर सभी खुले जंगलों में घूमते नज़र आते हैं। जंगली जानवरों को सुरक्षित रखा जाता है और यही कीनिया की संपदा भी है। धर्मों का संगम देखने को मिलता है—आर्यसमाज-मंदिर, जैन-मंदिर और मुसलमानों की मसजिदें। नैरोबी से मोम्बासा जाते हुए हमने सन् 1602 में मृत एक पीर की खूबसूरत दरगाह देखी है।

केसीनो से कृष्ण-कन्याएं तक

कीनिया में पर्यटकों के आकर्षण के लिए अंतर्राष्ट्रीय केसीनो से लेकर समुद्र-स्नान और कृष्ण-कन्याएं तक सब कुछ उपलब्ध है। शाम जैसे ही नैरोबी या मोम्बासा की सड़कों पर उतरती है, आवारा लड़कियों का हुजूम शिकार की तलाश में निकल पड़ता है। एक शाम मोम्बासा के लाइट हाउस के समुद्री किनारे पर हमने रूडोल्फ से मज़ाक करते हुए कहा था, 'रूडोल्फ, पेट्रोल की टंकी खोलो.. चींटियां!"

रूडोल्फ चौंक पड़ा था। उसे याद है, नैरोबी पहुंचकर दो दिन अस्पताल में उसे रहना पड़ा था। उसने चौंककर देखा था तो समुद्र से लगे होटलों के लॉन पर ही काली लड़कियां गोरे आदमियों से सर्प की तरह लिपटी थीं और सिगरेट पीती हुई एक लड़की रूडोल्फ के बहुत पास आकर खड़ी हो गई थी।

समुद्र, जुआघर और रूपवतो मछलियां

गरमाती और गहराती हुई रात किसी केसीनो में व्यतीत करने का अपना मजा है। ओसमानिक होटल का इंटरनेशनल केसीनो समूचे पूर्वी अफ्रीका में

विख्यात है। यह होटल भी लहराते हुए हिंद महासागर के लाइट हाउस के पास ऊंचाई पर बना है। मोम्बासा के लोग अकसर रात भीगने पर केसीनो में देखे जाते हैं।

केसीनो जुआरियों का अड्डा है—मशीनों से लेकर आदमी तक जुआ खेलते हैं। दो शिलिंग से दस शिलिंग तक की चाल किस्मत का फैसला करने के लिए निर्धारित है। केसीनो घूमते हुए हम 'नंबर मशीन' के पास जब पहुंचे, तो एक विदेशी महिल घूंसे मार-मारकर अपना आक्रोश मशीन पर उतार रही थी। "क्या हुआ?" हमने पूछा।

उसका चेहरा उदास था और खिन्न भी। चिढ़ इस बात से नहीं थी कि मशीन अब तक उसके 30 शिलिंग हज़म कर चुकी है ; आक्रोश उसे उस न्यूज़ीलैंड की युवती पर था, जिसने पहली बार ही 2 शिलिंग डालकर 100 शिलिंग जीत लिए थे और उसके बाद वह कम्बख्त केसीनो से ही भाग गई थी।

मैंने कहा, "मुझे प्रयत्न करने दीजिए, शायद...!"

"लेकिन सिक्के मैं डालूंगी और जो परिणाम होगा, वह भी मेरा होगा।"

उसने दो शिलिंग के टोकन का एक सिक्का डाला और मैंने मशीन का हैंडिल प्रेस किया और देखते-देखते शिलिंग के सिक्के नीचे गिरने लगे। महिला दोनों हाथों से सिक्के बटोरने लगी और थोड़ी ही देर में पता चला कि वे पूरे 105 हैं॥

मैंने कहा, "आई एम लकी इन गैंबलिंग।"

'ओ०के०, बट नो मोर गेम ; वी विल हैव ए गुड ईवनिंग," देखते-देखते वह वहां से चली गई। बाद में पता चला, यह जर्मन सुंदरी क्रिस्टीना केसीनो की जन्मजात शौकीन है और फ्रैंकफुर्त में रात-रात गए केसीनो में देखी जाती है। इसी कमरे में उसने एक घंटे पहले 2-25-17-34-6 से एक नंबर-टेबल पर पांच सौ शिलिंग जीते थे।

मोम्बासा रात को किसी यूरोपीय नगर से कम आकर्षक नहीं लगता। तीन ओर समंदर से घिरा और होटलों की शृंखला से भरपूर मोम्बासा पर्यटकों का केंद्र है। पूरा शहर दो भागों में विभाजित है—नया और पुराना। बीच में

एक पुल है, जो दोनों शहरों को जोड़ता है। लकड़ी का यह पुल इंजीनियरिंग कौशल का अच्छा उदाहरण है। समंदर में उठने वाले ज्वार और गिरने वाले भाटे के साथ यह पूल अपने-आप उठतागिरता है और सारा ट्रैफिक निर्बाध गति से चलता रहता है।

व्यापारी राष्ट्रपति

मोम्बासा के होटलों का अपना नक्शा है। ऊपर से 'फॉक' दिखाई देते हुए साधारण-से होटल भीतर उतने ही आरामदेह और आलीशान हैं। दीवारों पर टूटी हुई कड़ाहियां, करछुल, पीतल के पतीले और ऐसी सारी चीज़ें, जो हमारे देश में बेकार समझकर फेंक दी जाती हैं, लटकी हुई हैं। बाहर बहुत बड़ा स्विमिंग पूल और समंदर से लगी पट्टी में सनबाथ का प्रबंध है। भारत में कहीं भी इतने अच्छे होटल नहीं हैं। इन्हीं के कारण पर्यटकों का निरंतर दबाव वहां बना रहता है।

हमें पता चला कि केन्या के राष्ट्रपति जोमो केन्याटा समूचे देश को स्विट्ज़रलैंड की तरह खूबसूरत बनाना चाहते हैं। इसका प्रमाण मोम्बासा से मनरानी तक जाते हुए होटलों की अटूट शृंखला है। 35 किलोमीटर के इस मार्ग में कम से कम 70-80 होटल होंगे। इन्हीं होटलों में एक होटल राष्ट्रपति जोमो का भी है। राष्ट्रपति का होटल?—हमारे लिए आश्चर्य की बात थी। बाद में पता चला, केन्या में राष्ट्रपति का कई तरह का व्यापार है और वे दुनिया में सातवें या आठवें नंबर के धनी व्यक्ति समझे जाते हैं। इसी तरह का व्यापार वहां के मंत्री और सचिव भी करते हैं।

एक मंत्रालय के सचिव से घूमते हुए बात हो रही थी। हमने पूछा, "आप सब इस तरह व्यापार कर अपने पदों का दुरुपयोग नहीं करते? क्या यह खुला भ्रष्टाचार नहीं है?"

"आप कह सकते हैं," उनका उत्तर था, "लेकिन बुरा न मानिए, आपके यहां जो कुछ होता है, उससे यह बेहतर है। आपके यहां तो लोग रिश्वत भी डकार जाते हैं और काम भी नहीं करते; हम लोग रिश्वत लेते हैं तो काम भी करते हैं।'

नितांत सहज ढंग से अपनी बात कहकर उन्होंने आगे के प्रश्नों को मौन कर दिया था। मन के भीतर झांकने पर भारत का जो चित्र दिखाई दिया, परेशान कर गया। भारत में जो रिश्वतखोरी और मिलावट है, उसकी खासी चर्चा समूचे पूर्वी अफ्रीका में है। इसीके कारण यहां रहने वाले भारतीय भारत वापस नहीं आना चाहते। केन्या और पूर्व अफ्रीका के अन्य देशों में रिश्वत की कमी नहीं है, लेकिन...। सचिव महोदय का वक्तव्य कितना भ्रामक है या सही, इसका उत्तर हम अपने-आप तो दे ही सकते हैं, जहां तक मिलावट का सवाल है, वह कतई नहीं है। यहां जो भी मिलता है, एकदम साफ और सही। कागज़ की बंद बोतलों में मिलने वाला दूध, दूध ही होता है, पानी नहीं। यही बात मसाले, घी आदि सभीके साथ लागू होती है।

मोम्बासा में इंग्लैंड की बनी शेविंग क्रीम खरीदने के बाद जब हमने उसका उपयोग किया, तो पता लगा, वह क्रीम भारतीय शेविंग क्रीम से अच्छी नहीं है। एकदम हमारे मन में आया, आखिर भारत के व्यापारी कॉसमेटिक्स इन देशों में क्यों नहीं बेचते, जबकि भारतीय मूल के निवासियों की एक खासी बड़ी संख्या यहां पर है।

जंगली होटलों का शानदार परिवेश

यही बात होटलों के काफिलो से गुजरते हुए ध्यान में आई—बंबई और मद्रास के समुद्री तट को आसानी से मोम्बासा का समुद्री तट बनाया जा सकता है। फूसनुमा छत, बांस-सी दीवारें और सहज जंगली आवरण; अथवा मस्जिद की तरह गुंबदें; या फिर नंगी मिट्टी की खुली मीनारें; अथवा छोटे-छोटे कॉटेज और उन्हें जोड़कर एक समवेत दिया हुआ नाम—यह सब वहां के होटलों की रूपरेखा है। एक सहज और नैसर्गिक सौंदर्य के भीतर ठेठ पश्चिमी लिबास और आवरण पर्यटकों को सुविधाएं भी देता है, परिवर्तन और नयापन भी।

मनरानी पहुंचकर लगा, हम स्विट्ज़रलैंड में आ गए हैं। महासागर के नीले लहराते हुए पानी पर तैरती दर्जनों मोटर-नौकाएं और पाल-नौकाएं, धरती पर छोटे विमानों को उतरने के लिए एक खुली पट्टी और कारों के लिए लंबा पार्किंग-स्थल, एक झोंपड़ीनुमा खुले और लंबे-से हॉल के आसपास

का परिवेश इतना आधुनिक हो सकता है, कम समझ में आता है। अकसर अफ्रीका में दूर-दूर तक रहने वाले गोरे और भारतीय अपनी कारों, विमानों और मोटर-नौकाओं पर बैठकर छुट्टियां मनाने यहां आते हैं। अफ्रीका में सैकड़ों ऐसे व्यक्ति हैं, जिनके पास अपने निजी विमान हैं।

उस दिन मनरानी में अधनंगे स्त्री-पुरुषों का हुजूम इकट्ठा था। बीयर और व्हिस्की के दौर चल रहे थे। स्विमिंग पूल में तैरते हुए या बैठे हुए जोड़े अनेक मुद्राओं में देखे जा सकते थे। उस दिन वहां 'मछली-शिकार' की प्रतियोगिता थी। विदेशों से निकलने वाली 'फिशिंग' पत्रिकाओं में हमने बहुत कुछ पढ़ा था, वही सब यहां देखकर अच्छा लगा। समंदर से मछलियां मारकर ये लोग यहां लाते हैं और फिर निर्णय की घोषणा की जाती है। निर्णय के पहले ब्यूफे (खड़खाना) की तरह खुला हुआ भोजन, मात्र 16 शिलिंग (केन्या में 11 भारतीय रुपये 10 केन्या के शिलिंग बराबर होते हैं।) में ऐसा असाधारण भोजन दुर्लभ है।

ब्यूफे के बाद जब मछली के शिकार के निर्णय का क्षण आया, तो वह काफी रोमांचक था—अल्पवसन, स्त्री-पुरुष घेरकर खड़े हो गए और एक ओर एक अफ्रीकी आदमी विजेताओं की सूची पढ़ने लगा। (यह ध्यान देने योग्य है कि यहां का सारा प्रबंध और रसोइये तथा परोसने वाले सभी अफ्रीकी हैं।) वह आदमी सूट और सफेद टाई पहने था और शुद्ध अंग्रेजी लहजे में निहायत मज़ाकिया ढंग से घोषणाएं कर रहा था। एक दिलचस्प घोषणा इस प्रकार है :

'लेडीज़ विथ क्लोद्स गो बैक, बिकिनी डालिंग्ज़ कम फॉरवर्ड। वी स्केल फिशेज़—लेट अस सी हू इज़ मोर टेस्टी!... ऐंड 'लो' हीअर कम्स दि फर्स्ट फिश। हू किल्ड हर ओन मेट—ए फिश सेवनटी किलोज़ इन वेट—मिस स्मिथ!'

तालियां और तालियां। फिर तालियां और फिर फुसफुसाहटें, उठी हुई नज़रें और सबका केंद्रीकरण। 'हलकी-सी चिंधी' पहने गोरी, दुबली इतालवी 'कन्या' मिस स्मिथ ने आगे बढ़कर दो हज़ार शिलिंग का पहला पुरस्कार जीता, साथ में ट्रॉफी भी। परंपरागत ढंग से एक के बाद एक लोगों

ने 'चुंबन' कर इस 'विजेता कन्या' का स्वागत किया। फिर दूसरा पुरस्कार, तीसरा पुरस्कार और अन्य पुरस्कार भी। अपने श्रम को दोनों हाथों बटोरकर कमर में तीसरे हाथ से आवृत्त, देखते-देखते सभी लोग पक्षियों की तरह फुर उड़ गए।

मनरानी का शांत समुद्र-तट शेष रह गया। चार घंटे के एक नाटक का जैसे अचानक पटाक्षेप हो गया। एक भरे-पूरे कोलाहल का अचानक एकांत और शांत होना थोड़ी देर तो अच्छा लगा, फिर वह काटने लगा। ऐसे ही किसी माहौल में मैंने कभी लिखा था :

शोर से दूर हो कर
आदमी का भय—
कितना बढ़ जाता है!

अपने मेज़बान श्री मेहता के साथ उनकी 'फोर्ड' कार पर जब हम वापस लौटने लगे, तो धूप अपने-आप कम हो गई थी और आकाश में हलके से बादल उभर आए थे। चित्तीदार बादलों का नीले आकाश पर चहलकदमी करना हमें मनरानी के शिकारी जोड़ों से कम दिलचस्प नहीं लगा।

पहले जंगली जानवरों को रास्ता दीजिए

मोम्बासा पुराना शहर है—जेसिस का पुराना किला और हाथी के दांतों का अभिनंदन द्वार, एक खुला हुआ ड्राइव-इन सिनेमा। भारतीयों की इतनी संख्या है कि कई बार भारत के किसी शहर में रहने का धोखा होता है। 'आर्यसमाज' का केंद्र, शिव और जैन मंदिर और फिर 'नेहरू स्ट्रीट', हिंदी और गुजराती में धड़ल्ले से बातें करते आदमी—सभी कुछ भारत का ही तो है।

मोम्बासा से नैरोबी 350 किलोमीटर है। एक ही सड़क है, लेकिन निहायत खूबसूरत। सड़क से चलते हुए मीलों रास्ते में कोई गांव नहीं मिलता। जंगल और पहाड़ों से भरी लाल धरती अकसर विंध्याचल के जंगलों का आभास देती

है। वैसे ही सागौन और बबूल के झाड़ हैं, घाटियां और मिट्टी के टीले। सड़क पर जगह-जगह जंगली भैंस के चिह्न वाला बोर्ड लगा मिलता है। इसका अर्थ है—'पहले जंगली जानवरों को रास्ता दीजिए।'

सड़क पर से गुज़रते हुए पांच-छः बार हमें कार रोकनी पड़ी—जंगली हाथियों के झुंड सड़क पार कर रहे थे। यहां के हाथियों की अपनी विशेषता है। उनके कान भारतीय हाथियों से बड़े होते हैं और सूंड़ के पास एक ही लंबा दांत होता है (भारतीय हाथियों के दो दांत या खीसें होती हैं)।

तारकोल की सड़क सपाट ही नहीं थी, आसान भी। बहुत कम ट्रैफिक। बाजू से आने वाली सड़कों पर कारें अपने-आप रुक जाती हैं और जब मुख्य सड़क एकदम खुली हो, तब वे उसपर चलती हैं। एक के पीछे एक कारों का जैसे जुलूस हो-तब भी तेज गति और पूरी तरह सही ब्रेक। राष्ट्रपति या प्रधानमंत्री की कारें भी उसी काफिले में शामिल हो जाती हैं। उनके लिए सारा ट्रैफिक नहीं रोका जाता।

नैरोबी निहायत खूबसूरत शहर है। समूचे पूर्व अफ्रीका में उससे सुंदर शहर दूसरा नहीं है। ऊंची और साफ-सुथरी इमारतें। पूरे बाज़ार में भारतीयों की ही प्रधानता है।

नैरोबी की आबादी लगभग साढ़े पांच लाख है, जिनमें से साठ हज़ार भारतीय हैं। यूं समूचे केन्या की जनसंख्या ही कलकत्ता शहर के बराबर है।

जिस दिन हम नैरोबी पहुंचे, उसी दिन संसद शुरू हुई थी। पता चला कि दो महीने पहले संसद खुली थी और दो दिन में बंद हो गई। उसी दिन शाम 'नेशन' नामक अखबार में खबर छपी थी—'जोमो केन्याटा ने संसद खुलने के घंटे-भर बाद इसे अनिश्चित काल के लिए बंद कर दिया।' खबर का विस्तार यह था कि संसद खुलते ही कुछ सदस्यों के बीच झगड़ा हो गया। लगभग अराजकता की स्थिति उपस्थित थी। यह देखकर केन्या के मान्य महानेता अस्सी वर्षीय राष्ट्रपति जोमो केन्याटा ने खड़े होकर स्वाहिली भाषा में आदेश दिया कि वे अपने अधिकार से संसद को अनिश्चित काल के लिए बंद घोषित करते हैं। यह आदेश देकर वे सदन से बाहर चले गए और सारे सदस्य एक-

दूसरे को देखते रहे।

गंगाजल बेचिए, लखपती बनिए

केन्या के संविधान में राष्ट्रपति को अनंत अधिकार प्राप्त हैं। एक तो वहां बहुदलीय प्रणाली नहीं है। मात्र एक ही दल है। वह है केन्याटा की अपनी पार्टी। जब चुनाव होते हैं, तो एक-एक क्षेत्र से उसी दल के दोतीन उम्मीदवार खड़े हो जाते हैं। जनता को केवल यह सुविधा है कि वह उनमें से किसी एक को चुन ले। अंततः चुने हुए सारे सदस्य केवल जोमो केन्याटा के दल के होंगे। वहां विरोधी दल जैसी कोई चीज़ नहीं है। संसद होंते हुए भी राष्ट्रपति को वीटो के अधिकार हैं और सभी कुछ उनके इशारे पर होता है।

एक बात और है—प्रत्येक कार्यालय और दुकान पर जोमो केन्याटा का चित्र फ्रेम कराकर लगाना कानूनन अनिवार्य है। यहां तक कि भारतीय उच्चायोग और अन्य भारतीय प्रतिष्ठानों में भी यही नियम लागू है। इसका उल्लंघन करने वाले कठोर दंड के भागी होते हैं।

केन्या में महात्मा गांधी मार्ग

केन्या को दस वर्ष पूर्व आजादी मिली थी। केन्याटा ने स्वातंत्र्य संघर्ष के दौरान महात्मा गांधी का अनुकरण किया था। केन्या में गांधीजी के नाम पर ही महात्मा गांधी रोड भी है। उस समय जोमो केन्याटा गांधीजी की तरह ही केन्या में लोकप्रिय थे। हमने अनेक व्यक्तियों से चर्चाएं की, तो पता चला, अब जोमो की वह स्थिति नहीं है। लोग अब भी उनका सम्मान करते हैं, लेकिन भय के कारण। जोमो ने जो अपार संपत्ति एकत्र की है और कुछ वर्ष पूर्व ही अपने से बहुत कम (शायद आधी) आयु की लड़की से नया विवाह किया है,

उसके कारण जनता में असंतोष और क्षोभ है, लेकिन लोग अपना विरोध प्रकट नहीं कर सकते।

वैसे भी केन्या में कानून कठोर हैं। छोटे से छोटे अपराध के लिए कठोर दंड दिया जाता है। उदाहरण के लिए कार पार्किंग के लिए जगह-जगह मीटर लगे हैं, यदि अन्यत्र कार खड़ी की जाए तो सिपाही उसी जगह 20 और 50 शिलिंग जर्माना कर देता है। विदेशी मुद्रा को भुनाता हुआ यदि कोई व्यक्ति पकड़ लिया जाए, तो उसे पांच वर्ष तक की कैद हो सकती है। यह नियम विदेशियों पर भी लागू है। मुद्रा का विनिमय किसी बैंक अथवा होटल में ही किया जा सकता है। इसका कारण यह है कि भारतीय मूल के व्यक्तियों के हाथ में नैरोबी या अन्य शहरों का सारा व्यापार है। वे भारतीय रुपया बाहर भेज सकते हैं, यही स्थिति डॉलर या पौंड की है। इस संदर्भ में विशेष बात यह है कि आधिकारिक तौर पर भारतीय रुपया केन्याई शिलिंग से थोड़ा-सा कमजोर है, पर बाज़ार में भारतीय रुपये की साख ज़्यादा है।

इन कठोर नियमों के बावजूद दुकानों से कोई भी सामान डॉलर या पौंड देकर आसानी से खरीदा जा सकता है। विशेषता यही है कि विदेशी मुद्रा लेते हुए वहां का व्यापारी पहले अगल-बगल झांक लेता है और डॉलर या पौंड को झटपट तिजोरी में बंद कर देता है।

नैरोबी की अपनी एक विशेषता है—इस सुंदर शहर में आदमी से ज़्यादा कारें हैं। सड़कें इक्के-दुक्के आदमियों का भार ही झेलती हैं। बम्बई या दिल्ली की तरह की भीड़ एक सपना है। कारों के लिए पार्किंग की जगह मिलना मुश्किल होता है।

सावधान! लुटेरे घूम रहे हैं

शाम होते ही नैरोबी की सड़कें और भी वीरान हो जाती हैं। उनका सौंदर्य अवश्य निखर उठता है, क्योंकि सड़कों के दोनों ओर पीले लट्टूओं का प्रकाश झिलमिलाता है, जो दूर से ही अत्यंत हृदयग्राही और आकर्षक लगता है। सड़कें वीरान होने का मुख्य कारण पर्यटकों और भारतीयों की असुरक्षा है। शाम छः बजे के बाद कोई भी अफ्रीकी किसी भी विदेशी (जिनमें भारतीय

शामिल हैं) यात्री का कैमरा या घड़ी छीन सकता है अथवा जेब खाली कर सकता है। यहां तक कि लाल बत्ती के पास कार रुकने पर यदि उसका शीशा खुला है, तो संभव है, कहीं से अचानक कोई मुस्टंड अफ्रीकी हाथ भीतर घुस आए और जो कुछ हाथ लगे, छीनकर ले जाए।

इसका एक बड़ा कारण है। केन्या में बसे भारतीय एक अलग और कटी हुई ज़िंदगी जीते हैं। उन्होंने अंगरेज़ शासकों की जगह ली है। अब भी उनका रहन-सहन उसी तरह का है—एक-एक घर में तीन-तीन, चार-चार इंपोर्टेड कारें हैं। पूरा घर विदेशी है। एक परिचित भारतीय का घर मेरी आंखों के सामने घूम जाता है। वे गुजरात से कभी गए थे और अब नैरोबी में बस गए हैं। आजकल केन्या की एक बड़ी कंपनी में बड़े अफसर हैं।

विचित्र बात यह है कि अब भी वे घर में गुजराती बोलते हैं, पूजा-पाठ करते हैं, सुबह उठते ही बाज़ार में आसानी से उपलब्ध बिस्मिल्ला खां की शहनाई या सुब्बुलक्ष्मी के भजन के टेपरेकॉर्ड चला देते हैं। इतना ही नहीं, भारत की धरती का श्रद्धा से नाम-जाप भी करते हैं। और शायद कोई उन्हें ले जाकर गंगाजल दे तो वे उसे सबसे बड़ा उपहार समझेंगे।

हाय थैंक्यू! हाय सॉरी!

एक ओर यह है, दूसरी ओर वह। और फिर तीसरी ओर उनके बीच के व्यवहार।

पति : (सारा वार्तालाप अंगरेज़ी में) आप चाय देंगी?

पत्नी : थोड़ी देर लगेगी।

पति : माफ कीजिए (सॉरी), जब आप खाली हों, दे दीजिए। (फिर चाय लेते हुए) थैंक्यू।

पत्नी : डियर, मुझे ठीक बारह बजे स्टेनले से ले लीजिए।

पति : ओ० के०।

पत्नी : थैंक्यू।

हर बात में थैंक्यू और सॉरी। पति-पत्नी के बीच यदि थैंक्यू और सॉरी का रिश्ता रह गया है, तो मेरे मन में एक स्थिति उभरकर खड़ी हो

गई—हाय थैंक्यू! हाय सॉरी! अंगरेज़ी जूठन का इससे बदतर नमूना क्या हो सकता है?

भयभीत भारतीय

अफ्रीका के मूल निवासी काले व्यक्ति अब भी तृतीय श्रेणी की ज़िंदगी जीते हैं। हमें पता चला कि इसी वर्ग-भेद के कारण जोमो केन्याटा का आदेश है कि प्रतिवर्ष छः हज़ार भारतीयों को केन्या छोड़ना होगा। युगांडा में जो कुछ हुआ है, उससे सभी भारतीय भयभीत हैं। उनके भय का एक मजेदार उदाहरण है :

हम नेशनल पार्क से वापस लौटे थे। हमारे साथ एक अफ्रीकी गया था, हमारे मित्र का नौकर। जब हम वापस लौटे और कार रुकी, तो मित्र ने सबसे पहले अपने ही नौकर से हाथ मिलाया, 'जोमो' (यानी हलो), उसके बाद, 'नजूरी' (यानी वेलकम)।

फिर वे हमारी ओर मुड़े और हमने भी मज़ाक में 'जोमो' और 'नजूरी' दोहराया।

शाम को हमने उनसे पूछा, "क्या आपका यह व्यवहार इस बात का संकेत नहीं है कि आप अपने ही अफ्रीकी नौकर से डरने लगे हैं?"

उन्होंने स्वीकार किया, यह सत्य है। उनका कहना था कि किसी भी दिन युगांडा की तरह उनका भी पतन हो सकता है और तब सबसे पहला भय इस नौकर से ही तो है। यह स्थिति तब है, जब कि उनका जन्म ही केन्या में हुआ है और इस तरह वे केन्याई नागरिक हैं। लेकिन उन्हें विश्वास है, इससे कुछ नहीं होने वाला, सभी भारतीयों के साथ एक-सा व्यवहार होगा और यदि कोई रह भी जाएगा तो वह 'थर्ड रेट सिटीज़न' होगा।

वे भारत नहीं लौटना चाहते

यह सब जानते हुए भी वहां के भारतीय व्यापारी भारत नहीं लौटना चाहते। वे सब कनाडा या इंग्लैंड जाकर बसना चाहते हैं। हमने एक भारतीय पारसी व्यापारी से जब इसका कारण पूछा, तो उसने बताया, "साहब, हिंदुस्तान

जाकर क्या करेगा? जो पैसा हम ले जाएगा और जो फैक्टरी खोलेगा, जो पहले तो सबका सब रिश्वत में चला जाएगा। इसकू बाद फैक्टरी हम काये से लगाएगा?"

उस शाम की दावत अविस्मरणीय रहेगी। लायन्स क्लब में खुले मैदान में लकड़ी जलाकर मुर्गा और तंदूरी रोटियां पकाई गई थीं। उनमें एक-दो सरदार भी थे, कुछ सिंधी और पारसी तथा कई गुजराती। ये सब हमारे सम्मान में एकत्न हुए थे। उस शाम भारत का एक टुकड़ा वहां उतर आया था—जीवंत और जिंदादिली के कहकहे। लेकिन पूरी भीड़ में एक भी अफ्रीकी (उन्हें भूल से नीग्रो मत कहें, उन्हें इस शब्द से चिढ़ है।) नहीं था। हम वास्तव में कुछ पढ़े-लिखे अफ्रीकी लोगों से मिलना चाहते थे, लेकिन यह लगातार तीसरी शाम थी कि हमें निराश होना पड़ा।

केन्या में बड़े शहर दो ही हैं—मोम्बासा और नैरोबी। समूचा देश सवा दो लाख वर्गमील में फैला है और उसके सात प्रशासकीय राज्य हैं। पूरा देश गरीबी और बेकारी के बीच से गुज़र रहा है। इसलिए नैरोबी, मोम्बासा अथवा किसूमू या नकरी जैसे इने-गिने पांच-सात शहरों के सिवाय बाकी गांव एकदम दरिद्र हैं। वहां विभिन्न जातियों और कबीलों के आदिवासी रहते हैं, जो आपस में लड़ते-झगड़ते भी हैं और परंपरागत शिकार कर अपना जीवन व्यतीत करते हैं।

देसी बोली : विदेशी भाषा

आश्चर्य की बात यह है कि अंगरेज़ों ने लगभग सबको ईसाई बना दिया है और जो भी थोड़ा-सा पढ़ा-लिखा है, वह मात्न अंगरेज़ी जानता है। इनकी अपनी भाषा स्वाहिली है, लेकिन अभी उसकी शिक्षा पूरी विकसित नहीं हुई। उसके लिए रोमन लिपि को माध्यम बनाया गया है।

समूचा पूर्वी अफ्रीका स्पष्ट रूप से दो तरह से विभाजित है—(1) मूल निवासी गरीब और नंगा, और (2) शोषणकर्ता समृद्ध और विदेशी। समृद्ध लोगों के पास कारें हैं। गरीब बस में भी नहीं चल सकता, इसलिए बसों की भी अच्छी सुविधा नहीं है। टैक्सियां कठिनाई से मिलती हैं। पूर्व अफ्रीका में केन्या

ही सबसे आगे बढ़ा है—वहां अंगरेज़ी में दो दैनिक पत्र निकलते हैं। दोनों के आकार 'ईवनिंग न्यूज़' की तरह हैं, लेकिन पृष्ठ 12 होते हैं और कीमत 85 शिलिंग। अखबारों में स्थानीय समाचार अधिक होते हैं। दोनों पत्र नैरोबी से प्रकाशित होते हैं। इनमें से 'नेशन' का प्रसार अधिक है। उसकी 58 हज़ार प्रतियां छपती हैं। 'ईस्ट अफ्रीका स्टैंडर्ड' 35 हज़ार छपता है। इनके सिवाय एक दैनिक पत्र स्वाहिली भाषा में भी छपता है, जिसका प्रसार लगभग 23 हज़ार है। कुछ साप्ताहिक, पाक्षिक और मासिक पत्र भी हैं, लेकिन सभी अंगरेज़ी सभ्यता के पोषक हैं।

यहां लेखक नहीं, जंगली जानवर देखिए

हमने बहुत प्रयत्न किया कि वहां के कुछ लेखकों से भेंट हो जाए। इस संबंध में जब एक अधिकारी से हमने पूछा तो वे चुपचाप हमें देखते रहे। दूसरे अधिकारी ने मजाकिया लहजे में कहा, "साहब, यहां लेखक कहां मिलेंगे? जंगली जानवर देखिए, उनकी कमी नहीं है।"

उनके साथ हम केन्या के सुरक्षित राष्ट्रीय उद्यान को देखने चल पडे। रास्ते-भर ढेर-सी बातें होती रहीं। जाते वक्त बाजार में रुककर हमने पान खरीदा। भारत से दूर हुए धीरे-धीरे महीना पूरा हो रहा था और पान कहीं देखने को नहीं मिला था। ऐसी हालत में नैरोबी में पान की दुकान देखकर खुशी हुई। एक पान की कीमत डेढ़ शिलिंग।... दुकान चलाने वाले एक गुजराती सज्जन थे। वह दुकान भी दूसरी दुकानों की तरह सजी हुई थी। मैंने मज़ाक करते हुए उनसे कहा, "पान की दुकान का मज़ा तो तब है, जब उसके पास ही थूकने की जगह हो।"

वे हंस पड़े और बोले, "यहां अकसर भारत के लोग ही पान खाते हैं, वैसे कुछ अफ्रीकी अफसर भी पान का शौक करने यहां आते हैं।" इन गुजराती सज्जन के पास नैरोबी में अपना मकान है और दो 'वॉक्सवैगन' कारें। मुझे लगा, यदि अफ्रीका में आकर केवल गंगाजल ही बेचा जाए, तो आसानी से लखपती बना जा सकता है। भारतीयों के पास काफी पैसे हैं, इसलिए बाज़ार भी महंगा है और फिर गंगाजल खरीदकर तो वे पुण्य कमाने का दम भरेंगे।

कार चाटता जिराफ और श्यामा नगरवधुएं

राष्ट्रीय उद्यान नैरोबी से दूर नहीं है। आध घंटे में ही हम वहां पहुंच गए। समूचे अफ्रीका में शिकार और सफारी क्लबों की भरमार है। राष्ट्रीय उद्यान कई हिस्सों में बंटा है और मोम्बासा से लेकर नैरोबी तक अथवा नैरोबी से दारेस्सलाम तक कहीं से भी उद्यान में प्रविष्ट हुआ जा सकता है।

उद्यान के भीतर प्रवेश करते ही मन उत्साह से भर उठा। भीतर जाते वक्त चौकीदार ने कहा था, "आज सुबह सिंहों का एक झुंड इस तरफ आया है, आप भाग्यशाली होंगे, तो देखने को मिल जाएगा।" हुआ भी यही। शाम होते-होते 'लेक' के पास जब हम हिप्पो को पानी से बाहर निकालने के लिए बार-बार पत्थर मार रहे थे, दूसरे कोने में सिंहों का झुंड अचानक घूमता हुआ दिखाई दे गया। बड़े-बड़े अयाल वाले सिंह, खूंखार किंतु खूबसूरत, कम से कम सात-आठ तो रहे ही होंगे। हम कैमरा लेकर उनकी ओर दौड़े, तो उद्यान के संरक्षक ने आवाज़ देकर रोक दिया। उतनी दूर से जो चित्र लिया, उसमें सिंह नहीं, सिंहों के धब्बे थे।

'लेक' से वापस आए तो हमने देखा, एक जिराफ हमारी कार के पास खड़ा विंड स्क्रीन को चाट रहा है। जिराफ शाकाहारी प्राणी है, लेकिन पास जाने पर अपनी पिछली टांगों और गर्दन से आदमी को ठोकर मार देता है। काफी देर खड़े-खड़े हम जिराफ-लीला देखते रहे। हरिण, जंगली भैंसे, बारहसिंगे, जंगली सूअर और ज़ेबरा इनकी तो कहीं कमी नहीं थी। जहां भी नज़र जाती, इनके झुंड दिखाई देते। एक जगह तो नीलगायों और ज़ेबराओं ने गाड़ी घेर ली थी। बहुत देर तक हॉर्न बजाने पर उन्होंने रास्ता छोड़ा। शेर और चीतों की यहां के जंगलों में कमी नहीं है, लेकिन उस दिन ये देखने को नहीं मिले। जब कभी शेर या चीता आसपास आ जाते हैं, तो दूसरे जानवर दूर भाग जाते हैं।

वनमानुष ने सिगरेट पी!

राष्ट्रीय उद्यान के पास ही एक चिड़ियाघर है 'आरफन जू'। यहां ऐसे

जानवर रखे जाते हैं, जो कहीं घायल हो गए हैं या एकदम बच्चे हैं और किसीके द्वारा मारे या खाए जा सकते हैं। ठीक होते ही उन्हें फिर जंगल में मनमौजी सैर के लिए छोड़ दिया जाता है। इसी जू में एक मजेदार वनमानुष मिल गया, जिसने बाकायदा हाथ फैलाकर हमसे सिगरेट मांगी और काफी मज़ा ले-लेकर उसे पी।

अफ्रीका घने वनों के लिए विख्यात है। भारत की तरह वहां के जंगलों में भी सांगौन के वृक्ष बहुत होते हैं। इससे प्रतिवर्ष करोड़ों रुपयों की आय होती है। जंगलों में आम, बबूल, चीड़ के वृक्ष भी हैं। एक अजीब तरह का पाइन जाति का वृक्ष भी होता है, जिससे पल्प बनाया जाता है। इसीके कारण, और कुछ बांस-वनों के कारण केन्या में कागज़ का एक कारखाना (इसे बिड़ला-बंधुओं ने लगाया है) और दो माचिस बनाने के कारखाने लगाए गए हैं। सोकारो और एलडोरेट प्लाईवुड के प्रमुख केंद्र हैं।

एक बात स्मरणीय है कि भूमध्य रेखा पूर्वी अफ्रीका के देशों के बीच से गुज़रती है, इसलिए गरम जलवायु की सारी उपजें और खनिज पदार्थ यहां उपलब्ध हैं। नैरोबी ऊंचाई पर है, इसलिए वहां का जलवायु सुखद है, अन्यथा बाकी जगहों में काफी गर्मी है। भारत में होने वाले अधिकांश वृक्ष (जिनमें आम भी शामिल है) और फूल इन देशों में देखे जा सकते हैं। बोगनबेलिया, मोगरा, गेंदा, सदाबहार और लिली की तो बहुतायत है।

उस दिन उद्यान में घूमते हुए काफी शाम हो गई, लेकिन पूर्णिमा के आसपास का समय था, इसलिए चांद निकल आया था। खुली चांदनी में दूर-दूर तक फैला जंगल सुनसान और सरसराता हुआ पवन-झकोरों से हमें आह्लादित कर रहा था। सामने के हलके लाल सूखे टीले पर चांदनी जैसे सीधे उतरकर जम गई थी। उसी चांदनी में बैठे हुए जिराफों का झुंड बरबस हमें अपनी ओर खींच रहा था।

नरभक्षी चींटियों का आक्रमण

दूसरे दिन सुबह हम केन्या छोड़कर तंजानिया के रास्ते चल पड़े थे। इस बार हमें दो जर्मन पर्यटक मिल गए, जो अपनी 'वॉक्सवैगन' कारों में

दुनिया की सैर पर निकले थे। विमान, रेल या मोटर से जाने की अपेक्षा अपनी निजी कार में यात्रा करने का अपना आनंद होता है। केन्या के बाद जायरे (पहले इसे कांगो कहते थे) की सीमा छते हुए हम तंजानिया की ओर चल पड़े।

हमारे सहयात्री रूडोल्फ निहायत जिंदादिल व्यक्ति थे। उनकी कार सभी आवश्यकताओं से लैस थी—कुकिंग गैस और खाने-पीने का सामान तथा बिस्तर। वे समूचा सहारा रेगिस्तान पार कर यहां तक आए थे। इसके पहले कांगो की सीमा में अचानक नरभक्षी चींटियों का एक झुंड उनके ऊपर टूट पड़ा था। ये चींटियां सीधे शरीर के भीतर प्रवेश करती हैं और फिर भीतर से आदमी को खाना शुरू कर देती हैं। यदि रूडोल्फ अपने ऊपर पेट्रोल न डाल लेते, तो न जाने क्या होता!

समूचे केन्या में एक ही 'हाई-वे है। उसे छोड़ते ही घने जंगलों में प्रवेश करना पड़ा। सड़क या तो बहुत हलकी थी अथवा कई जगह केवल उसके चिह्न मात्र थे। मीलों दूर तक कोई आबादी नहीं। बीच-बीच में छोटे-छोटे गांव थे, जिनमें मसाई जाति के आदिवासी रहते हैं। ये आज भी नितांत पुरातनता में जीते हैं—जंगली उपज इनके भोजन हैं या फिर जंगल का शिकार। कई जातियां इनमें नग्न अथवा अर्धनग्न अवस्था में रहती हैं।

इनसे बात करने में हमें निरंतर कठिनाई हो रही थी। यद्यपि स्वाहिली इनकी भी बोली है, लेकिन वह इतनी बदलती जाती है कि स्वाहिली के कुछ शब्द जानते हुए भी इनसे बातचीत नहीं हो सकती। केवल 'जंबो' और 'नजूरी' शब्द ही थे, जिनके बल पर उनके पास हम खड़े हो सकते थे। बाकी बातें इशारे से होती थीं। हम लोग एक झोंपड़ी के पास पहुंचे, तो एक युवती मक्का कूट रही थी। पता चला, उससे ही ये लोग 'पेज' की तरह एक पतला सूप बनाकर पीते हैं और कई बार यही उनका भोजन है।

अफ्रीकी पुरुष मुस्टंड शिकारी होता है। कहते हैं, कभी यहीं के लोग नरमुंडों का संग्रह करते थे। अब शायद ऐसी बातें नहीं होतीं, लेकिन यदि दो कबीलों में युद्ध हो जाए, तो कुछ भी हो सकता है। रास्ते में जाते हुए एक घटना ऐसी हो गई, जिससे यह भी पता चला कि शायद सैलानी इस ओर

काफी आने लगे हैं। एक छोटे-से गांव के बाहर 'एजिप' (इटली की एक कंपनी) का एक पेट्रोल पंप था। वहां हमें अपनी कार में पेट्रोल भराना था। (अफ्रीका में पेट्रोल का भाव मात्र 1.80 शिलिंग प्रति लिटर है।) पेट्रोल पंप के पास कुछ अफ्रीकी औरतें हरा पपीता बेच रही थीं। अपना कैमरा खोलकर मैं उस ओर गया, तो पहले तो वे अपनी बोली में जाने क्या चिल्लाईं, उसके बाद तुरंत ही एक बोतल लेकर मेरी ओर दौड़ी। मैं शायद खड़ा रहता, यदि रूडोल्फ आवाज़ न देते। मेरे पीछे हटते ही बोतल के शीशे उसी स्थान पर बिखर गए थे।

पेट्रोल पंप वाले ने कहा, "साहब, आप लोग जल्दी से भाग जाइए। इनके मर्द आने वाले हैं, फिर मुश्किल हो जाएगी।"

'आखिर हमने क्या किया है?" एक प्रश्न बार-बार उभरकर वहीं छूटता रहा, हमें वहां से तुरंत भागना पड़ा। आगे जाकर पता चला कि यदि हम अधिक कीमत देकर पपीता खरीद लेते, तो ऐसा न होता।

जंगल पार करते हुए कई तरह की बड़ी मक्खियों और सुगंधित फूलों से हमारा पाला पड़ा। 8 घंटे की ड्राइविंग के बाद हम दारेस्सलाम पहुंचे। पूरा तंजानिया मुस्लिम बहुल है और वहां के काले अफ्रीकी बिना फूंदर वाली लाल मुसलमानी टोपी लगाते हैं। पूरा शहरपुर राना और अनाकर्षक है। वहां देखने के लिए या तो समुद्र-तट है अथवा विशाल यूनिसिटी, जो अलीगढ़ मुस्लिम विश्वविद्यालय की तरह है, यद्यपि वह आकार में बहुत बड़ी है।

अंगरेज़ व्यापारियों के लिए चरागाह

समूचा पूर्वी अफ्रीका विरल आबादी वाला क्षेत्र है। भारत की तरह आदमियों के झुंड कहीं नहीं मिलते। छोटे-छोटे देश हैं और सभी विदेशी प्रभावों से ग्रसित हैं। तंजानिया में चीनी प्रभाव है, तो सोमालिया में रूसी। केन्या किसी तरह अपना स्वरूप बनाने की कोशिश कर रहा है, लेकिन वहां के बाज़ार भी विदेशी चीज़ों से भरे पड़े हैं। इंग्लैंड के व्यापारियों के लिए तो यह

एक बहुत बड़ा चरागाह है। हमें बार-बार यह लगता रहा, जो देश साबुन और पाउडर तक विदेशों से मंगाता है, उसका आर्थिक ढांचा कितने दिन सुरक्षित खड़ा रहेगा! अंगरेज़ों ने अफ्रीका के अधिकांश हिस्से को छोड़ दिया है, वे इस समय मात्र 'पेपर टाइगर' हैं।

यहां के निवासी हृष्ट-पुष्ट और तंदुरुस्त हैं और काफी अक्खड़ भी हैं। पढ़े-लिखे लोगों में भी शिष्टता की कमी है। संभवतः भारतीयों सहित हर विदेशी को वे लूट लेना चाहते हैं।

भारत से जाते समय कई मित्रों ने 'ब्लैक ब्यूटी' की चर्चा की थी। उसे बहुत खोजने का समय नहीं मिल पाया, लेकिन हर बड़े शहरमोम्बासा, नैरोबी या दारेस्सलाम—की शाम सड़क पर आवारा घूमती 'ब्लैक ब्यूटी' से भरी पड़ी थीं। काले शरीर पर काले रंग का ही अरबी पायजामा, जो कूल्हों से एकदम सटा हो और ऊपर सफेद चिंधियां लगी काली पट्टी, हाथ में सिगरेट और छोटे-छोटे धुंघराले बालों को मोटी रस्सियों से बांधकर एक फुदने-सी शकल निकाल देना—ऐसी कृष्णा कन्या का प्रकट वेश था, जिसे कोई भी दस-बीस शिलिंग देकर अपने साथ ले जा सकता है। कई गोरे इनके साथ खुली घास पर निरभ्र युग्म क्रीड़ा करते समंदर के किनारों पर भी देखे जा सकते हैं। गोरी चमड़ी वालों के साथ एक दिक़्क़त यह है कि अपने को 'ब्राउन' बनाने के लिए वे दिन-भर 'सन बाथ' लेते हैं और फिर 'सन बर्न' ठीक करने के लिए तरह-तरह की क्रीम लगाया करते हैं। यूरोप और अमरीका के भ्रमणार्थियों की यहां कमी नहीं है और उनके लिए हर शाम सौंदर्य खुलेआम सड़कों पर बिकता है। कुछ बड़े होटलों में 'रात्रि क्लब' भी हैं, वहां रोज़ कैबरे होता है। हमें एक ही दिन 'ओसयानिक' में कैबरे देखने का अवसर मिला था। हमें बताया गया कि किसी भी यूरोपीय देश से वह कम नहीं है।

अफ्रीका के शहरों, गांवों और वनों में घूमते हुए भारत की मिट्टी की सौंधी सुगंध अचानक मन के भीतर तैर उठती थी। कई विचारों के साथ एक विचार यह भी आता रहा कि मेरा देश हज़ारों कमियों और समस्याओं के बावजूद इन सबसे कितना बेहतर है! (पूर्वी अफ्रीका के देशों में डाक-व्यवस्था भी नहीं है। पोस्ट बॉक्स होते हैं और अपनी डाक लेने या चिट्ठी डालने पोस्ट

ऑफिस जाना पड़ता है। वहां डाकिया नाम का कोई प्राणी नहीं होता।) अपनी धरती से दूर रहकर ही उसे सही संदर्भों में देखा, परखा और आंका जा सकता है। यह कहने में मुझे कतई संकोच नहीं है कि हमारे यहां जितनी स्वाधीनता है, जितना विकास हमने किया है और जो दार्शनिक और समष्टिगत गहराई हमारे देश में है, अफ्रीका महाद्वीप में वह सपना है और शायद उनके लिए हमेशा एक सपना ही बना रहेगा।

○○○